*Dedico a lavoura desta obra a Daruê, infinita graça.
Constelação de traquinagem. Mestrinho.*

REZA DE MÃE

e outros contos

ALLAN DA ROSA

DESCULPA PERGUNTAR

Já sentiu desespero, mano?
Aquele do mergulhado em águas claras
quando veio o redemoinho?
Aquele salvo pelo braço que avisou do buraco,
as unhas seguras na saliência da rocha.
Agradecidas de frio e de medo.
Pequenez e grandeza no fiapo do teu nome.

Já sentiu humilhação, rei?
A que trouxe na cangaia as caixas de fruta
que não podia mexer nem em uma baga.
Do chegado na feira e escorraçado
nos berros, cuspido pra fora
depois do almoço vazio
quando perguntou se ia receber sua paga?

Já foi cabeçalho da notícia da chacota, camará?
Ao rasgarem teu vestido
com a bença e os aplausos da covardia?

Se encharcou na chuva ácida da vergonha?
Sintonizou a rádio do desprezo,
chiadinha, o dia inteiro da voz de teu pai?

Já sentiu paixão, Ganga?
Das de pintar a chuva?
De errar cada flechada de palha
usando arco de papel molhado?
E ela passou no vento...
Mesmo vento que ardia no pus
toda tardinha?

Já perdeu batalha, Mestre?
Depois que bebeu a vitória,
no cálice da arrogância a sua golada.
E com o nariz entupido no arreio
não conseguia traduzir, farejar
o que fosse futuro?

Já apertou a mão da hipocrisia, Don?
Suja de perfume...
Já ganhou na bochecha
o lábio farofado de quem te jura de morte
sussurrando na casa vizinha?
De quem envenena a sobremesa
por cima do muro,
dá gamela em mal querença
de doce pro teu filho
e declara a temporada de estupro
a quem coloca no dedo e no pescoço
o anel branco de simpatia?

Já cozinhou na panela da saudade?
Costurou o calendário
pôs no forno a massa lacrimejada
e comeu o pão
o miolo da decepção.
Quando a andorinha voltou
mascarada de pavão?

O padrão de poste exigido pela prefeitura agora tem que ter 1 m e 60. Caixa de frente pra rua, com 15 centímetros de teto. Se tiver 10, não lê tua luz. Multa e corta.

Antes era até relógio grudado com fita isolante, chiclete emendando vidro, palito de fósforo escorando. Tudo de madeira, chamuscada tinha uma porção, com as gravuras do curto-circuito esparramadas na taubinha. Mas sem roubalheira. Honestidade e boa vontade pro serviço do rapaz que, cortando chuva ou comendo sol, todo mês marcava o consumo do quintal. Agora, qualquer frescura, o patrício não confere sua luz.

A caixa de energia ali, no banheiro de tomar banho, que o de urinar é na outra banda do quintal. Assim, quando cai a luz, é só esticar bem o braço que dá pra levantar a chave de novo na pontinha do dedo. Mete uma sandália de borracha e volta pra tirar o sabão. É, respinga. Choque? Não, ainda não. Eu não.

Aqui, antes de tomar banho, tem que gritar se alguém noutra casa lá embaixo tá no chuveiro. Senão é queda. Sem novela, sem jogo, sem lâmpada. Banho gelado de cano. Penumbra, silêncio e vulto. Comprou vela?

Tem alguém tomando banho aê!?
Limpar o doce, tirar essa pegalança no couro.

É Valdeci entrar no metrô e todo povo empina o nariz, fareja de onde vem esse aroma pesado, vapor enjoativo que impregna o vagão. Nhaca de açúcar.

Valdeci comanda o bolero de uma banca de churros. Tem de doce de leite, de chocolate e tem de catupiry pra passar no queijo ralado. Esse estraga fácil, um tubo por dia. Também vende favos e crepes. Guloseimas na saída dos colégios pagos em euro, herdeiros lotando a barraca exigem capricho no recheio. Brasão restrito no uniforme e gula vigiada pelo motorista particular.

E ele em casa é o burguês, trabalha em horário de galeria e não madruga pra sair. Atravessa o bairro do Almeirão, embarca no metrô Jabaquara e meio-dia levanta a porta. Minhoqueiro vai pelos debaixos do metrô, vocação toupeira, depois formiga na lida com o açúcar. Doce a vida. Mas bem antes de entrar em vagão, mesmo antes de pisar no tapetinho da cama, já se levanta com as dobras do braço se grudando. No pescoço parece ter cola.

Põe mais doce de leite aí! Enche pra mim, quero escorrendo, deixa de ser miserável!

Ontem uma guriazinha tirando em francês, as colegas mangando do servente. Nem atinou se era churro ou era favo, se era pernil ou era jiló o que ela queria. Mas ordenava, postura natural. Clientela poliglota de 12 anos de idade. Churro, cherrí? Vou botar mais sim, mademoizéli. Virar de costas e no desbaratino soltar uma bolota de catarro, antes do ápice de doce de leite. Tuf! Como se baleasse uma vira-lata. Toma. Sem troco, o sorriso é de graça, maior sapiência é a humildade. Vai com Deus. Obrigado. Como vovó Esperança ensinou.

Na lida, o que não falta é gente e situação. Pra Valdeci o dia inteiro de pé, joia é deixar água cair pelando no tornozelo, escaldar na bacia com capim-limão e flor de laranjeira.

Esfrega, quase se lixa, mas dá sábado, dá domingo e esse açúcar não larga nas dobrinhas do braço. Humilhação grudada, raiva peguenta, até atrás do joelho fica melando, entra por baixo do avental e da calça. Como chega ali esse açúcar?

Regula torneirinha, deixa morno... cachoeira... relaxo... um travesseiro dessa espuma, uma sereia conversando em mineirês benguela, aquele que a bisa, às vezes, solta falando sozinha. Sereia fitando seu churro, a ponta doce em Mongaguá... madrugada e mistério, mergulhar.

Cochila, acorda engasgado. Pelo vitrô sai a nuvem de capim-limão e o grito pro quintal: – Já fechei! Pode ligar aí em cima!

Tô ligando o chuveiro!

Nefertiti se dedilha. Violê, violá. Ai, o galãzinho gostoso... ofertou pra ele um botão de melzinho, o que a professora dá na entrada da biblioteca pra degustar com livro. Nefertiti, leitora viajante, imagina luas e tochas, toras e estripulias. Sonha a garupa ansiosa, os dois afastando cipó e pisando fino pra não chutar a escuridão, não trupicar na queda enquanto adentram o terreno baldio no fim da rua da padaria. Ali, a madrugada chupando a febre, mordendo o peito do pássaro.

Se afaga, afoga, se afofa. Chuááá, sabonete de canela, safadelícia.

O mel que deu é o mel que sorve. Lábio desbravando os pelos do peito do galãzinho, os braços por dentro, o bafo emplumando por trás, Nefertiti arrebitada se oferece à encoxação, virilha trépida, nervo contrai. Seu gemido é canto de ave sobre o mar. A bunda rodando na viga. Rigidez do caule. A estocada, o acolhimento. A textura da vara gravada no beiço. Corredeiras. Lambuz. Sussurra e segura seu uivo no banho, tem discrição seu vulcão. A toalha pendurada na chave defende a fechadura dos espiões. Dá um tremelique, é o céu na ponta do dedo. Sino badala as seis horas da Ave Maria! Tem uma amiga com a bundinha sentada à sua frente na escola. A penugem da nuca... Como atenção na aula? Sabe que a colega posiciona a xana na beira da cadeira e rala a fricção, flutua elétrica. No fundão da sala, finta a aula de biologia... e vem o gemidin. Assanha o tecido muscular, o sistema nervoso... Pôs o brinco na colega. Tó, pra você... posso colocar? A mesma mão que agora se explora. Segurou seu inflame pra não lamber aquela pontinha de orelha. Mamilo eriçado, duro, pedrinha de lagoa. O jato descendo nas coxas, mangueira diverte. Vestido suado é pano que desembaça o espelho e o corpo atiçado volta pra água pra se ver, mirar gozoso o vale entre os peitinhos, ali enxurrada. Hummm, tua língua em meu suvaco, os bicos nas costas, coladinha, circula na minha barriga o sabonete de canela, o encontro será atrás da quadra, e já é no desenho da espuma, na sanha do dedo do anel, nu anel.

Água quente invadindo o lábio, caldosa, borbulhosa.

Espuma dissolve. Primeiro o rodo triscando nas bordas, depois o chuveirinho encaixado no rego. Galopa. Um pé pisa no outro, o dedão aperta o mindiiiiiii.. aiiii aiaiaiai que saboroso ai, me pega gata hummmmm me língua, amigo. Umbigo ensopado tchec tchec. Desliza nas virilhas o sabonete barulhin. Hummmm A barrig *BLAM, BLAM, BLAM! Quer sair daí, ô Nefertiti da Glória da Silva! Só você que tem pra tomar banho, madame?*

Porta balança mas trinco não cede. Enxugar rápido, tá atrasando pra escola. Bisavô tem que entrar também. Quem dá banho nele hoje? Ele teimando em se limpar sozinho, mas e se escorregar? Molecada toda desse quintal ainda pra banhar, dormir cheiroso os erês. Bisavô Tebas imagina os meus caldos? A correnteza quentinha? Desconfia a demora? Ali tem experiência...

Que azulejo gelado. Sair de cabelo molhado nesse sereno. Na escola há de sapecar um chameguin na musa, narina no jardim da nuca. A amiga namorando um pagodeiro nem se imagina no dedo alheio, quer é vareta grossa, aquidavi ligeiro.

Cadê toalha? Pelada pingar até o varal. Resvala na mãe, é Dona Ceci possessa berrando com o cachorro que explode latição. Balbúrdia cega. Banhando também, a mascote morde mangueira, chacoalha seus pelos espumados e encharca Dona Ceci.

Alguém me abre o chuveiro aqui, por favor?
Pedreiro considerado foi o bisavô, Seu Tebas de Jenê. Nenhuma casa que fez há 30 anos precisou reforma. Furava cada tijolinho dos muros e chapiscava dentro. Não tem degrau de escada feito por sua colher que tenha rachado, procure quem quiser. Dizem as noras que construção hoje, com dois meses de feitura, o cimento já lascou tudo na

ponta, fiação umedeceu, é um tal de porta empenada e empoçamento, fácil. Pra voltar e cobrar conserto. Muro dura nem três anos e bambeia, trinca ou arreia. Três temporais de validade.

Ele sabia manejar o clima nos cômodos, deixar aquecido na invernia e fresquinho quando brasava o verão. Dominava lápis, alicate e peneira, até arquiteto pedia sua opinião. Alguns ainda vem e convencem a sair, empurram sua cadeira de rodas pelas praças antigas do bairro do Catalônia, ninguém mexe não... tá com o bisa, tá com o ganga. E também rodam lá pela nobreza do Parque Granola. Quarteirões inteiros onde qualquer parede caiada teve estudo e toque do bisavô. Tantos bangalôs, tantas mansões assinadas por escritório de arquitetura...

A tia Ceci era menininha ainda e ruminava o nojo de beijar sua mão na porta da escola, de pedir bença encardida. Um dia confessou, pura, tadinha. Pediu pra não acarinhar a cabeça também, sua unha de encher laje era a comédia das amiguinhas. Peão. Porqueira. Vergonha do esmalte de cimento.

Don Tebas de Jenê pesquisou sabão, campeou xampu que dissolvesse o vexame escombroso da sua filha... uma semana sem ler sobre construção. E chegou mesmo foi no sabão de coco. Mais a ponta de canivete futricando unha debaixo da água quente.

Restou esse descabelo de esfregar os dedos até sangrar. Se tivesse força... mas nem alho hoje pica mais, nem casinha de baralho sua tremura güenta montar. E esse sestro não perdeu.

Desligar pras crianças tomar banho. Única infiltração em sua viga é a querença de trabalhar, corrosão no tédio que espeta a costela.

Bonito a erezada brincando. Don Tebas escuta a inocência e filtra ali o verdadeiro da passagem. Tem hora que pouco importa quem vai lhe dar o comprimido e limpar seu fraldão.

Mas limpar minha bunda e minha ferida na perna eu faço sozinho!

Tem alguém se lavando aê?
Que esperar esse povo todo o quê! Ivair esquenta na panela e enche a bacia, uma dá conta. Precisa mais? Nesse frio ficar morgado? Ensaboou, esfregou, virou cada caneca e pronto. Acostumou.

Tem vez que ninguém tá banhando mas Vó Esperança não deixa entrar, vigia pro Bira bajulado.

Sabonete puro corante, escorre o azul. A promessa da pele do cartaz. Ivair contou moedas e levou a promoção, comprou cinco sabonetes e ganhou a escova dos dentes dos craques. No ralo, na embalagem manchada, esfarela-se o peito da atriz chamariz. Não é o mesmo que devotava à mãe de tardinha quando a reconhecia no portão da creche e largava a clausura. Aquela alegria traçada na cara, no reencontro, nostalgia que perdeu brilho na borracha da adolescência. Berros de Dona Ceci foram caneta e sua borracha não deu conta.

Caneca no balde e sabonete de luxo na beira da janela, a embalagem puída fica na poça com seu sorriso desmanchado, cariado.

Ô diacho, não tem uma camisa limpa nessa joça!

Vai pra rua tomar um quente, no boteco um remédio, caçar assunto. Ivair sai sem camisa, os pelos enroscando no vento. Pode. Fosse a atriz da embalagem ou a mãe da creche, expostas as mamas de mamar nenê, seria até escalpelado.

Tem alguém com chuveiro ligado aí em cima?
Esfrego água sanitária no pescoço. Clarear.

Girei no torcicolo pra ver o gibi na carteira da desgramenta. Fica escondendo, regulando, deixa só um téquinho pra aguar eu. Diz que o pai lê revistinha pra ela no almoço e antes de deitar. Mentirosa. Diz que ele contou estória da bailarina que dança de ponta-cabeça. Branquinha. E que eu era igual o dragão do mato.

Com cândida esfrego, arranho, esfolo cotovelo e joelho. Se funcionar, vou usar no cabelo também. A bucha com sementes é daqui do quintal mesmo, áspera, minha bisa plantou e colheu. Meu Deus, me ajuda! Ficar a princesa do gibi, a rainha do prézinho.

Rolaram no chão de tanto me aloprar. As três fantasmas gargalhando no pátio que se encostarem em mim vão ficar imundiça. Professora viu. Na reunião falou pra minha mãe que não tem nada com isso, negócio dela é dar aula, vão na secretaria vocês. Lá mandaram falar com a inspetora.

O menino firmou que comigo não faz par na quadrilha. Nem adianta chorar.

Ai... já tô em carne viva.

Vou chutar o nariz daquela viada! Igual minha vó Ceci me chama. Viada! Vou quebrar os dentes. Mas, e se depois nenhuma ali quiser mais ser minha amiga?

Aqui tá gota a gota!
Bisavó, Dona Esperança reza pra comer, sem ódio, apenas saudando a natureza e os trabalhadores que encaminharam comida pra sua mesa. A bisa carrega seus 77 anos e é Aquário, mas podem ser 79 e Capricórnio. Desde Bálsamo, seu arraial de nascença, até o cartório de Água de Ferro era tanto chão que registrar ficava pro talvez. E quando seu pai arriou da sela pra tirar o documento, lá não permitiram o nome escolhido pra certidão: Vingança. O nome desejado por todos os meses de barriga de mãe: Vingança. Não pode ter nome assim no documento.

O pai, seu Avelino Lubango, já tinha visto um malungo derrubar uma barona em poça de sangue só com arrepio de palavra benguela, só no golpe de saliva. Força de oração. Ele arrenegou a censura do escrevente, mas teve que bailar o pensamento e calar, nem lhe deram chance pra retruco. Manda quem pode, obedece quem tem juízo. Com o tempo, achou melhor o veto, assim não escancarava o desencape do fio, ficava feito cobra em tôco véio. E dentro de casa sempre chamou a menina de Vingança, carinhoso.

No banho, às sextas-feiras, Dona Esperança recordava do pai. No fim da lavação, ela deixava só pingando o nome na cabeça, uma a uma cada bolinha d´agua, cada gota era uma voz chamando Vingança no detalhe, na orelha, uma lembrança pingando no nariz, um cristal da voz do seu Avelino emaranhando no cabelo, outro fio d´agua na nuca. Dona Vingança guardava sua caminhada e limpava o cultivo. Numa gota cabe o mar.

Por fim, escorrendo no vale, um pingo entre os seios. No peito mas não no coração.

Vó Esperançá! A senhora já fechou a água? A Tia Ceci tá lá embaixo querendo lavar as crianças...

Pode banhar sim, menina. Usa o sabão que eu fiz.

Sabão caseiro. Tem soda cáustica, óleo, pinho e cinzas da criação que morreu, cadela cremada em segredo. Ofertou a cuia com moedas e uma vela na beira do rio. Não vai mais ter bicho, é muita agonia quando se fina um.

Amaci
Ubirajara escovou com juá os dentes das palavras pesadas. Banha com as folhas de seu pai Mutalambô debaixo da mangueira. Abelhas não lhe picam.

Em casa, é tempo de passos mudos. Canseira das brigas, dos estilhaços vazando dos lábios. Fala menos agora, quase nada, as palavras arrematam os gestos e não mais o inverso. Foi muita confusão e é tempo de calar, sem navalhar com a sua opinião pouco pedida. Tanta crise já veio da sua lâmina sincera. Gongo, o Bira. Buzina, o Bira. Calma, Ubirajara... vá pra casa, tome um banho. Mas era também na moradia a nervosia. E a reverência do silêncio agora rege, broca a febre de conseguir se calar, evitar brotar treta. Conceber o som, calado. De presente a ausência quando seu metro e noventa paira no centro da sala. Ser invisível. Sem rumores e sem os berros da mãe, sem cadeado na goela, apenas a nobreza que um dia irá prevalecer. As gentilezas e os desacordos agora só nas pálpebras ou encafuados quietinhos no bolso da alma.

Mutalambô lhe regia proceder e gesto. Prosperidade. Catendê oferecia oriente.

Deixa vidrarem na novela, ajoelharem pra dízimo, que continuem se estapeando pelos bilhões do futebol, esgoelando fofocas conjugais e se deslumbrando com cirurgias plásticas dos astros... Quer esquecer, concentrar no aroma d´agua verde que desliza em cada centímetro da sua pele. O filete brilhando na pele preta, cristal recordando que ele é descendente de reis.

Chega de tormentas, chega da vó Esperança apaziguando guerras. Quanta saudade do Canjica, seu cachorro que endoidou no tumulto, quebrou corrente e babou mordida na coxa das crianças. Canjica baleado por Valdeci. Toda vizinhança no outro dia cochichando chacota.

Parar de ser o montado na verdade. Bira passou a ser um adjetivo, gênero de unha encravada: "você tá um bira hoje", "levar o vô no hospital é o maior bira". Eis sua pecha, o chato. Birra, o Bira. Estorvo, o Bira. Não sabe caçar? Quer ser pastor? Mas ninguém tá vendo as meninas com essa testa puxada, caramba? Cabeça alisada obrigatória, séculos de chapinha, humilhação diária no couro. Desde a placenta, o destino ditado é a pequenez espremida? Carcaça? Brincar dentro da saraivada de vergonha cotidiana? Como aceitamos ser essa caricatura quebradiça da humanidade alheia? Treta que Bira traz ou desvenda? Sincero estrangula. Calma, Bira. Vá pra casa, tome um banho.

Mapa do seu rumo a lápis nas montanhas do silêncio. Música a água tocando no chão, joia mineral, bença de ouvir. Mental a trama. Acaricia cicatrizes: brigas da rua com os piadistas da colônia. Bira, o favorito das portas giratórias. No braço as marcas das canetas que os vigias lhe enfiaram na saída. Bira espancado num quartinho de fundo de loja, o sangue repicado na sua nota de compra que não provou nada. No lombo ainda a tatuagem coagulada dos cacetes num estacionamento, no chão estirado o suspreto de furto, com as chaves da sua própria Brasília véia no bolso. E no gogó ainda o travo, a ironia das professoras que humilhavam com sua ignorância. Nessa vida toda não dá tempo de cuspir tanto nojo da piedade desnecessária e pontiaguda. Brio, o Bira.

Desfruta o cheiro do seu suor mesclado ao sumo da pitangueira. Curva o quengo pra lavar a nuca e assim recorda o porque de aquietar: foi numa contenda de quebra-quebra com Valdeci, irmão socando irmão em papo de cor, que viu sua vó Esperança lhe baixando a cabeça. A matriarca da casa. Aí o ai. Inclinada a testa, curvada como se anunciasse uma continência. Bira compreendeu.

Esvazia balde, água se seca na quentura do corpo. Veste azul claro. Pra esteira vá seu sono limpo.

Dona Esperança ficou sentida, arrancou lenço da cabeça e penteou no espelho a clemência dos segredos do Rosário. Banho aquele dia foram as lágrimas, o ácido desgosto corroendo nas rugas. Excreção. Parando vagarosa de fungar, enlutado o peito muxibento. Tarde foi passando e úmida veio a paz possível depois da sua enchente. Banho de pranto miúdo.

E Bira ser pacato? Findou a era da deselegância, mas Dona Esperança sabia que toda aquela hombridade de convicto flecheiro não tinha a coragem de reconhecer Lavanda, sua filha que veio da concha de Pérola, moça lá da Vila Inhame. Lavanda germinada no motel Fechecler. Bira dizia que a nenê já tinha família e tio digno pra ajudar, que não se acertava com a mãe, que era do mundo, que lutava pra ter condição, que um dia daria tudo que preciso. Pagaria com juros a Pérola também.

Dona Esperança sabia de toda essa balela, acendia vela. Como aquilo minguava de revolta o coração de seu neto... Ela advogava e mandava calar o tribunal, defendia Bira do mesmo desacato que não admitia em outras casas da vila. O que era covardia, cebola estragada em outra freguesia, na sua casa era só um enrosquinho pra ternura, uma sopa gengibrina.

A sala de Dona Esperança, um útero. Ali o tempo dormia. Licença, vó, posso entrar? Ali o ninho de aprender o licença, o por favor, o obrigado, o desculpe. Bira abre a panela que lhe sorri o cheiro. Fez quiabo, vó?

– Tá caro demais, Bira. Quiabo virou carne, sô! Mas cê falou que vinha. Pica uma saladinha pra nóis.

Lavar, fatiar, guardar os discos e álbuns de foto. Ela ensina letra de canção, pontos de trabalho. Dita o seguramento de faca, como é que se passa uma cortante pra outra pessoa pegar pelo cabo. Ensina tempos do coentro, sapiência dos fornos da vida. Ao lado da bíblia o licor de pitanga que ela faz, que Bira não toma em sua frente sem permissão, como não fuma diante do vô. Até uma cervejinha perante os seus primeiros já lhe pinica o peito. Na estante um apoio de nuca, madeira barroquinha talhada por Vô Tebas. Nessa peroba, Esperança se trançou penteados. No cafofo há talheres de cedro, cadeiras de jatobá, fivelas de umburana, máscara gravada no pilão, trinco de imbuia envernizado em flor. Estilosa mão firme de Tebas na estatuêra.

– A gente tem outras minas e campinas também, meu filho, gerais. Mina cristalina, fonte … E mina de pisar, dinamite de depenar o pé até o joelho.

Vó Esperança aperta forte o queixo barbado. Firma carinho. – Vou fazer um doce prucê.

Cascando laranja quem criança em Campinas mexia tacho maior que ela. Horas no melaço do fervo, borbulhava vontade mas não podia passar nem um mindinho na colher de pau. Pegou íngua de doce, mas Bira nasceu e ela retomou a mão boa.

Lava a mão, Bira.

Mijada, vó!

Manhã. O primeiro bisneto da casa comanda os arrumadores de cama, conferentes de milímetros nas dobras dos lençóis. Havia ainda o batalhão dos fiscais de gosmas também, cadetes adequados à nóia meticulosa da arrumação. Cada mula realiza seus sonhos à sua maneira: peito batendo na sanha por brindes da cagüetagem e alguns se sentem no cume do pódio, pelo gozo de delatar.

Vóóó! Araci já tomou banho hoje, a coberta tá toda molhada!

A menina sonhou que se arremessava e caía feito bomba em poças coloridas, jorravam rampas de água pro vento e assim encharcava o pijama e o mundo. Havia em volta um deserto amarelo onde fincava um pilar. Agora, no tanque, a caçulinha esfrega a mancha de urina no lençol.

Fique colada no colchão até os dois secarem, viu, nojentinha! – É a ordem do berro que estoura os caminhos. Vó Ceci ensinando a compreensão, educando em casa pra ninguém sofrer na rua.

A pequenita ardida vai voltar pra roda no quintal e pedir pra brincar, mas ali o maiorzinho que caguetou a xixilina vai bradar: – Se você foi capturada pelo inimigo e voltou, será isolada! E ela ganha esparadrapo na boca, metem-lhe uma máscara de caixa de sapato com formigas dentro. O que cê contou da gente, Araci? Cê fraquejou na tortura, ô mijona?! De rendição em rendição...

E irão pro chuveiro, no ralo aquele caldo lameiro. Fechar registro pra esfregar as canelas foscas, os braços ruços de tanta cabra-cega, depois abrir de novo. Venceram cerca, rolaram no chão, rasgaram joelho. Menos o Gu, fissurado no videogame. Compete com colegas de escola que moram nos prédinhos do Jardim Granola, se chegar ao recorde tem que congelar a tela pra provar maestria.

No fundo do quintal, Vó Ceci bate a bagana e confere seu território: arame sobrado do galinheiro, uma motoquinha sem guidão, bonecas louras sem braço e tijolos da obra que o pai nunca recomeçou. Opa! Quem teve a ousadia de plantar arruda ali? Eita que ela proibiu essa planta... sabe a potência, usou há tempos na precisão, carência antiga de dissolver uma semente no seu bucho antes de firmar placenta.

Ceci pela buraqueira do muro vê três antigos patrões colocando seu Tebas numa carruagem, como se fosse um saco de cimento. Lá vão passear e o véio dar mais uma aula de graça, dessa vez trouxeram até estudante de faculdade pra palestra. Papai tá uma cova desfilando de chapéu. Vou mentir?

Fumada, Ceci irá de barraco em barraco perguntando baixinho, sem gritaria, se alguém tá se lavando. Seu banho é matinal, a criançada na leveza da traquinagem, as brigas poucas e ainda não há a manta de choro e pirraça que irá cobrir o quintal. Mas inda aproveita mais uns minutos rente à cerca pra pitar mais unzinho. Hora do seu banho de sol na penitência cotidiana. Detida com nove netos pra cuidar. Rouca.

O ILUDIDO

Duro ver o irmão mais velho em espasmo de sangue, no chão, tremendo os músculos da cara. Mero pacote inchado, ali quem dividiu beliche contigo. Um fio de respiração, retorcido, travado, indicando que ainda tá do lado de cá da fronteira com a morte. Isso é ainda pior do que saber que o próximo é tu.

Ali, estrebuchando entre convulsão e paralisia, o mano Valagume. De tão moído na porrada já era até um ser invertebrado. Tanta culpa no cartório que um escrivão só não dava conta de sumariar o arquivo. Agora um fiapo de orelha rasgada e sola agulhada, peito furado de cigarro.

– *Meu irmãozinho Caçú, presta atenção: nosso boletim de ocorrência a gente traz na pele e no* CEP. – Valagume me disse, ainda forte na primeira noite de refinada tortura. Cabeça esverdeada, desenfiada do vômito dum balde. Dizia que as mulheres de farda são as piores no arrocho, mais ruim que os cana macho. Coturno miúdo mira melhor o chute, primazia no apertar dos bagos. Mão pintada de esmalte furou seu queixo, com ponta de lápis abriu sua bochecha. Ele ia amarrado em vassouras e voltava torto, cada vez mais mutilado. Zuado. Firmaram um trato medonho com a lei: Caçú só iria pro arrebento depois que Valagume tombasse de vez. E essa já foi a primeira porrada na casca quebradiça do psicológico.

– *Lincha, resolve na peixeira, nem gasta munição com esses trastes!* – nossa época do povo esperneando atrás do teclado e do controle remoto, infeccionando telefone com mensagens de execução pra Deus e os coronéis – *Apartamento de bandido é no cemitério, quintal de bandido é a vala!* – Júri de internet bate o martelo na mesa e na testa, esporra na macheza do sofá. – *Se hoje eu como na gamela trincada, amanhã vai ser na porcelana!* – Multidão já balança a bandeira de proteção ao patrimônio. Um dia há de pagar seguro pros herdeiros, assinar com caneta tinteiro o testamento da mansão na praia, contratar a vigilância ... um dia... é só parar de trabalhar um pouco pra dar tempo de ganhar a dinheirama toda. Milhões.

    Uns têm crença na guerreiragem individual, esforço de titã e de monge, alpinista de elevador pra cargo bom, vai subir e assinar o destino de vencedor. Outros pregam a força do povo unido, única vereda pra reverter a vampiragem e desfrutar junto de escola com lousa, banheiro sem fedô, churrasco sem miséria, beira de piscina, talvez um veleiro... Quem tem mais sapiência? Quem molha mais o pé na poça da ilusão? Caçú se perguntava quando salpicava orégano na pizzaria, seu trampo e UTI de cada noite, embalsamado em molho de tomate. Lembrava do Tonho, motoboy que adorava orégano. Tomou aço na nuca quando ia entregar uma meia calabresa, represália da corporação pro assassinato de um PM no Jardim Maxixe. Constou como troca de tiros a defesa da ordem. Rádio pôs entrevista lacrimogênea com a esposa do soldado exaltado, herói da família brasileira. Nenhum chiadinho de estação ouviu mãe nem filha de Tonho e nem de nenhum dos outros 15 que comeram fogo naquela madrugada, do Jardim Maxixe ao Jardim Cará, no município de Sabão da Terra. Teve jornal que publicou foto do enterro, flash do desespero, capacete sangrado, mas ficou nisso que já tá bom pra vender.

    E Valagume ali currado, bostado, depilado, unha arrancada, dois narizes e cinco olhos na cara de tanta porrada. Espasmos antecediam a morte que teimava em demorar minutos eternos. Na despedida recebeu jantar de gala colocado na boquinha, aviãozinho na colher servindo arroz embolotado com vidro moído. E Caçú buscava paz no temporal da cabeça pra bolar sua fuga. Até aceitava caixão, mas sem esse escarro todo. Sem esculacho, sem chupar nem sentar em nada à base de coronhada.

    Inda cinco dias antes, Valagume tragava sua planta no quintal, sorrindo de criar seu pivete, encantado na pureza do filhote e na paciência de ensinar a jogar futebol de botão. Manha crescente do menino segurando a palheta, o tóquinho do tôquinho no campo de madeira verde, a proeza de ir botando curveta no passe, a medida da força no dedo ao disparar pro gol. Delícia de tomar gol da criança. Pureza. – *O muleque faz o gol em mim, grita gooool com braço pro alto e vem todo sorridente me abraçar, cê acredita, Caçú? Ó a inocência... Justo ni mim, do goleiro da caixinha de fósforo vazado, perdendo a decisão... meu carrasco vem comemorar comigo.*

Juntava toda famiage pra ver o guri inventar o dia e mostrar a magia do óbvio nas suas vidas, perguntar se o zero é o nada ou é o muitão do número mil. Caçú querendo traquinar e viajar na ideia com o sobrinho, mas perante os adultos se limitava a observar, travado na muralha da sua timidez, quietinho.

– *Coronel, o senhor destoa da média aqui. Tem tirocínio, habilidade admirável de comando, domina a medida da força no dedo em disparar pro necrotério. Bem superior à inteligência desses seus jagunços que atiram porque só pensam em promoção e em bônus caveira.* – Caçú diria baixinho o sussurro na orelha do patrício – *Apesar do continente que separa meu moletom do seu colete à prova de balas, nossa cor nos une e compreendo sua grandeza ancestral.* – Caçú pintava na mente a fala garbosa de comício que deveria pronunciar, mas que sua sem-gracice não permitia. Assim ganhou consideração na quebrada, a sabedoria de quem fala pouco. Só ele sabia o quanto queria contar... e da saliva fervendo na boca, engripada na vergonha de dizer.

Respirou, até tentou prorrogar sua condução pro inferno e soltar a letra pro coronel, mas sua voz saiu ganindo, baixinha. Nos pés, o restolho do mano velho Valagume ainda gemia.

Tantos julgavam a arrogância de Valagume, o gosto de submeter. Mas Caçú desde pequeno sabia, sabia e não entendia, que se alguém abrisse um canal de misericórdia na hora do sopapo, o seu irmão já cancelava qualquer arreio, não maltratava. Quem pedisse desculpa com a alma no olho ganhava o breque no castigo e um brinde de saúde.

Assim, Caçú tinha que arrematar de uma vez aquela agonia do irmão destroçado no chão, terminar aquela bagaceira, mas não podia dar o tempo de Valagume olhar clamando piedade, senão não ia conseguir justiçar. No desespero quis chamar o coronel prum particular, balbuciou, mas o que saiu já foi rouco morrendo na boca. Palavra tremida evaporando a cada sílaba... até veio a atenção do coronel, mas num soslaio fingindo pena, rebaixando inda mais o fraquejo de Caçú.

Então, numa faísca de respiro, Caçú voou e sentou o pé na boca de Valagume. Essa botinada arrancou dois dentes que se entalaram na goela do seu mano. Caçú feitinho um centroavante de pebolim no bar do Quentura, a sede do Zulu Futebol Clube em Saboão da Terra. Finou o irmão mais velho, findou agonia.

Foi a dinamite pra atenção dos fardados. O coronel encarou Caçú, o próximo do pau-de-arara, mas timidez nenhuma azucrinou o mais novo. Caçú desatou a voz no volume pro galpão todo entender qual era tua panca:

– *Vacilão! Era meu irmão mais velho, me ensinou o beabá do proceder mas era vacilão. Teve os remédios dos caminhos na mão e negou. Sabia o que era da sua necessidade, mas negou. Coronel, eu tenho uma proposta pra ti, você que sobe ladeira e desce viela caçando, que sabe que sempre tem uma mira apontando pra tua orelha, tu vai girar fechado e voltar seguro de onde for.*

A sobrancelha do majorengo inda rascunhou um desdém na testa franzida, mas havia uma fresta ali na vista que caguetava seu ego e a sintonia da sua ambição. Pinicava na alma a oferta daquele maloqueiro. Tinha que ser do quilate noventa, do preço da vida, porque era nessa beiradinha que tava a biografia do rapaz, já na linha de ser embonecado pelos fardados.

No raio do deboche, o coronel ri da audácia vagabunda. Mostra a fieira de homens sentados nos degraus do porão, atirando suas bitucas pra madrugada. Honrado, mostra os da sua tropa que preferem quebrar dentes e as concursadas que desfrutam desentupir ouvido de muleque saliente. Cochicha pra Caçú sobre as taras dos que gozam branco, pastoso e quentinho na mão quando esvaziam lata de querosene incendiando favela. – *Estão só te esperando pro recreio, neguinho.*

A Caçú só cabe jogar o xadrez da sobrevivência. Se entrar no reio dessa onda defeca na calça do terror e se urina.

– *Eu não tô esmolando, excelência. Tô te oferecendo a glória.*

O coronel se esforça pra não delatar a fagulha entre seus cílios.

– *Eu sei o segredo de fechar corpo, coronel. Deixar imortal. Só tomba se tu mesmo vacilar e quebrar a regra. Te passo o segredo e tu não se preocupa mais nem com esses lobos da tua matilha nem com os urubus de fora do time. Pode invadir qualquer brenha, se meter em labirinto de favela e buscar o acerto... pode escoltar qualquer safado e até dispensar esse colete.*

O coronel mastiga o interesse num palito, desafina de leve a sua máscara. Bigode se eriça.

– *Meu irmão nunca botou fé, se finou. Olha aí!* – Caçú aproveita e chega pertinho pra conferir que seu mano Valagume morreu mesmo, que acabou a dor. Coladinho no morto, viu numa mesa separada a renca de luvas de borracha que só esperavam o comando pra lhe azucrinar. Luva de melar, de cutucar tripa, rabo e gengiva.

– *Eu caminho onde quero, coronel. Ninguém me toca e eu não cato ninguém. Já sabia que ia ficar aqui três noites guardado, esperando a hora de te passar o segredo. Sem ninguém tocar na minha pele. Porque minha missão é te passar o desenho e sair inteiro.*

O coronel olha fixo, seu corpo já se esticou, já pede mais calma pros soldados e manda sargento buscar um café. Caçú quer anunciar mais alto, esparramar a negociata pra horda toda, mas segura um bocadinho. Só queria não ser torturado e agora quer também não morrer, mas se crescer demais a garganta... perde a vantagem. E vai descobrindo que é velhaco como nem sabia.

– *Tu tem sensibilidade, tem origem, não tem, coronel? Sabe que não é papinho. Vem da tua família também essa força, mesma fonte da minha. Tá na tua presença, na tua aura, não vê quem não quer ou não sabe.* – E sussurra macio: – *Esses bruto aí não te compreende, coronel...* – Caçú ainda arando joga a semente na terra do coronel, o homem que leva o livro dos livros para as mães na volta do culto, que extermina as ervas daninhas em nome dos concílios de Deus, que teve a sua luz numa perseguição:

– *Um meliante sapecava quilo de tiro mas nenhum me acertava. Eu ainda era sargento. Vi um anjo cantando e empunhando a foice do bem. Anunciava a ceifa no jardim.* – A revelação guiou a coragem pra limpar os pastos do rebanho. Abençoada missão de conduzir as almas pro julgamento de Deus.

Na igreja, respeitando hierarquia, nunca decretou nada, mas já segurou no cinto um possuído pelos espíritos das trevas. A solução dos pastores, mais sabidos e mais elevados na administração dos problemas de sujeira, de finanças e escrituras, foi repelir o demo na pancada. Depois, notícia correu que o fiel tava surtando epiléptico, que tentava puxar remédios do bolso e não um tridente, mas quem tava ali sabe da atmosfera, sabe das orelhas geladas do crente ficando mais pontudas e pretas, como a gente aprende que é o belzebu. Quem tem fé vê e viu.

O coração uma almofada: ser da congregação mais negra da zona sul. Via ali a purificação, a entrega, a redenção da escravidão. Os irmãos das mesmas travessias no templo, dividindo a guarida de cada versículo. A doçura dos jovens pretos subindo avenida, já em alta noite cantando louvores, patota devota. A crença sem tormentas passando pelo vale do fogo e da fumaça nas rodinhas da maloca, rodinhas dos ilícitos dichavados. Segurança de passarem juntos pelos grupinhos mais escamosos dos fariseus. Segurança.

– *Não teme, coronel. Não tem nada de possessão, macumba, demonice. Vai baixar nada em você, força nenhuma, que cavalo sem sela não guenta reio. Vai ser o inverso, tu é que vai mudar de corpo. Vai entrar em carapaça de tartaruga, vagaroso, longa a vida, o verdadeiro colete à prova de balas é esse que tu vai ter. Também vai saber tornar em corpo de onça, rastejando ligeiro, dar bote certo. E em corpo de rato também, pra entrar em qualquer biboca apavorando só com a fuinha, se alastrando fácil, dominando tudo que é subterrâneo. Isso não é pecado, coronel, não se aflija. Não é de seita, isso é teu. Vai encontrar o que é dos teus poros. Taí na tua íris, taí nas tuas lembranças de criança, nas conversa que tinha com os bicho, no jeito que sentia que era da turma deles. Lembra? Elementar.*

A curriola fardada não tava gostando mas se calava. Censurável aquele molho, já nem era tão justo subir o cara sem tirar um sarro, sem descarregar a adrenalina da batalha, sem ver o fulano jubilado cuspindo a língua... já tão pequeno o soldo de cada um, tinha que restar um bocadinho de motivo pra continuar nessa vida...

Mas o coronel mordeu o beiço e denunciou a tremedeira no coco. Experiente, calejado, como abraçou assim esse aplique? Ansiedade maestra lhe regendo. Apalpava o casco de jabuti no lugar da costela. Sendo rato faria o bigode ainda? O coronel surfava nas nuvens do desejo. Vesgo de ganância. Um olho viajava na sua pele de pinta de onça, o outro vigiava seus guardas porque sentia um bochicho no ar. E Caçú seguia a jogatina – *O senhor... aliás, você... manja que tem uma pá de subordinado aqui só butucando teu cargo, né, chefe? Tenho mais uma fortaleza pra ti. Um colar rezado e benzido, coronel, pras inveja de dentro de casa. Esse sim vai ser teu documento, mas se perder, zicou. Igual vocês faz com nóis quando tamo sem o RG. Ele te garante. Mas se não tiver a dispor tu toma nas costas.*

E Caçú ia subindo a barganha, crescendo exigência. Só sobreviver já não era o mais desejado, sentiu que dava pra montar um castelo. Abocanhar e não apenas lambiscar. Sabia também de casas extorquidas pelos milicos na chantagem de controlar territórios e de não prender ex-aliados. Pediu uma. Coronel mandou trazer as chaves de um sobrado enroladas num quepe. Farejou o desagrado dos seus subordinados, não armavam escarcéu que a disciplina não permite, mas iam se esfolando no rancor miúdo. Saíram dois tenentes, o Leite-de-Cobra e o Ressecuela. Montavam sua casa de caboclo?

– *Não, coronel. É pouco pra tanto reinado. Tu sabe que pro patuá vale uma moradia, mas pra teu império, não.* – Pensou na filha do PM. Que escambo majestoso. O chefe daria, mas Caçú ainda não arriscaria. Na diplomacia da chantagem impôs uma mina gostosa e obediente. De desfilar, dele mostrar o trato no dengo e na hierarquia. Mas bater nela não, só se precisasse, essa bacaninha vinha de família. Ouviu dos mais velhos que, no começo, sempre se devia mostrar no soco o papel de cada um no dueto. Mas exigiu uma já adestrada, que ele era de paz e racional, nunca apreciou pancada. A técnica do pau com o amorzinho seria uma didática só se muito necessária, uma pedagogia legítima pra manter a ordem no terreiro. – *Me providencia uma mulher, coronel, é a paga.*

Debaixo daquela espessura de marra o coronel quase caiu do sapato. Deu uma cambalhota na conversa: – *Tu vai ter, menino. Mas me prova que teu corpo não rompe com ponta nem com aço, que não trepida.*

Caçú já tinha afanado a soberba do coronel, agora ou tava atolado numa lameira ou tava na crista. – *Claro. Pode já pegar das metranca nova. Dessas levinha que o governo deu agora prucês, de alta definição. Pode apontar e me meter o arrebite que não vai fazer nem um talho. Mas primeiro me traz a formosa e também uma moto pra eu colorir meu caminho.*

Coronel mandou buscar as duas possantes pedidas. Deu endereço da sobrinha malcriada, que dizia que Deus não existia. Agora ela ia ter a certeza. Chegou rápido, encapuzada numa garupa. Coisa fina pro machinho.

Caçú precisava de mais tempo pra sua mutreta. Ladino, dali sairia anjo ou carniça. – *Muda, coronel, muda. Metralhadora pode falhar, explodir na mão, zuar o porão aqui. Busca um machado. Pode passar três vezes no meu pescoço, vai dar nada. Aí eu vou embora com o que é meu. Justo?*

Pensou sua timidez da vida toda. Melhor manter a mudez, a gagueira guardada? Ou demorou pra ser locutor e papagaiar pra dominar o picadeiro? Lembrou da vó. "Quem fala demais dá bom dia a cavalo". Dizia também que nos momentos extremos é que surgia o espírito verdadeiro de cada pessoa. Quem parecia ser medroso, carreava uma cidade nas mãos. Quem parecia generoso, entrava na gaiola da mesquinharia. Na hora das urgências transbordava a gamela. Ele passou a falador num rasgo de um segundo e assim arquitetou seu passo. Jogou e ganhou.

Chegou o machado que nunca tinha cortado pescoço, só pulsos. Era hora de aflorar os segredos que o coronel desconhecia. Caçú se via no rolê com sua moto e sua mina, inteirão, vivaço com suas propriedades. Com tudo que sempre quis.

A lâmina varou aquela garganta toda. Foi a comédia pra tropa. O coronel engoliu o queixo de tanta vergonha e dali pra sempre ganhou seu nome de guerra. Batizado *"o Iludido"*, a piada do século. Decapitado, o caçula ruiu sobre a posta de Valagume, que ainda soltou mais um arroto final fedendo a teimosia de seguir vivo.

COSTAS LANHADAS
(Revides e segredos antes do 13 de maio)

O interior paulista era um paiol de pólvora nos anos antes do 13 de maio. O medo saía no mijo dos barões, donos de vastos alqueires, e dos advogados encastelados nos escritórios de luxo, mas também aterrorizava os sapatudos que tinham uma merreca de três ou quatro escravizados pras negociatas miúdas cotidianas, porçãozinha de três ou quatro mandados mal-nascidos chupados na jugular, gente, carne com sonho e memória e raiva. Meras peças para alguns, a negrada sentiu a hora do arranque, da retomada de si, sem dó. Décadas antes do 13 de maio, que cuspiu uma liberdade requenguela, cagona e manca, vogou um tornado em SP, uma tormenta de legítima defesa e de vingança, nem sempre comida fria, que fazia fornalhas das hortas e espetava zagaias em quem tava acostumado a levantar o chicote, a pena ou a xicrinha de porcelana.

Eram só um pedaço do mapa de sangue pisado e de dignidade remendada, as campanhas abolicionistas e as rinhas de tribunal onde reinava o amado e odiado Luiz Gama, proibido de entrar em muitas cidades, e com a morte comprada uma penca de vezes mas que permanecia pilar na missão. As disputas em colunas de jornais liberais, monarquistas ou republicanos, os processos nos fóruns da hipocrisia que referendava com seu amém o direito à propriedade vampira... isso tudo era só um bocado da guerra que apavorou os abonados de São Paulo pelas estradas de vacaria, pelos chafarizes da capital e principalmente pelos campos de plantio, de tronco e de revide negro.

A paúra arrepiava duques do café, azedava o jantar, trincava os lustres e ilustres. Milhares de pretos já tinham devolvido com fogo um pouco da fuleiragem, já tinham debandado pra outras paisagens paulistas com ou sem os tais papéis que lhes garantiam ser gente, gente encurvada por uma liberdade ganha ou comprada – e dessas tais cartas de alforria, que podiam valer só depois de muitas primaveras ou apenas na cidade onde foi carimbada, sempre havia o risco da má-fé que engrupia o dinheiro juntado gota a gota. Carta nula.

 Nossos avós seguiam varando rumo com os pés sempre descalços, mas agora levando nos ombros os sapatos que só gente livre podia ter, já que o pé não aceitava mais correias e apertos depois de uma vida pisando a sola direto no chão. Nos ranchos de meio de caminho, nas hortas novas, nas curvetas e nos becos urbanos onde se vendiam doces, se barbeava ou se carregava baldes e bacanas marcando o ritmo no lombo, rodavam as histórias dos acertos de contas com os fazendeiros. Histórias sem dó.

Era nesse clima que, numa tarde em Capivari ou em Campinas, dois homens subidos de Santos já marcados com a queima na pele alertando sua rebeldia, depois da carga levantada desde a manhã, sentaram na sombra de uma mangueira. Mal a bunda assentou, súbita paranoia apontou o dedo lá da janela do casarão e o senhor gritou a acusação de levante. A madame que desfilava nos seus vestidos de cambraia e casimira, com suas joias cintilantes veio até a janela ver a penitência nas costas dos seus escravos, a paga da insolência de tramar a morte de seus amos e a queima da fazenda.

Negar não adiantou. Logo eles que ainda não tinham aceitado participar do que se armava pra dali uma semana com a malta de todas as fazendas vizinhas.

Tomado de ira, o sinhôzinho veio empunhando o chicote. Mandou amarrar um, mas começou por sovar quem estava ainda sentado num tamborete. E descendo as chibatadas despejava uma ladainha sobre a ingratidão e o peso de administrar o mundo. Mas a cada lambada desferida nas costas do negro mais velho, ele ouvia um canto sussurrado em vez de gritos de dor. E despejava o rabo de tatu com mais força, xingando, tremendo, mas a lábia do mais velho continuava soltando um chiado ameno e ritmado.

Ninguém diz se era curvado ou não que o angola recebia o arreio, mas a cada levada nas costas ele murmurava e se ouvia um grito, agudo, que vinha de dentro do casarão...

Depois das tantas trinta vergastadas que o barão achou já ser lição, justiça pra ensinar sua propriedade a não desejar morte nem derrocada de quem lhe salvou de ser órfão, de ser mais um morrido de fome ou um demônio sem rumo; depois que acabaram as lanhadas que o barão, empapado de suor, derrubou na espinha do seu escravo, ele respirou, esfriou e viu que as costas do negro que cantava sussurrado estavam intactas, o pano arregaçado da camisa de napão não tinha um pingo de sangue. Por tanta raiva, o barão se preparou pra açoitar mais uma vez, com toda a força e medo que tinha e não tinha, mas atinou prum berro que vinha distante. Correu pra dentro da Casa Grande e ali ouviu uma longa agonia de último respiro. Viu, debaixo do vestido intacto de cambraia e casimira branca que desabotoava trêmulo, as costas lanhadas e arregaçadas da senhora dona, que tombou gemendo no chão empoçado de vermelho.

JOGO DA VELHA

Negrita,
hoje sou levinho de entrar em qualquer cortiço
casarão mofado não me afina
sem meter marra de peito de aço
mas me achego onde for
batizei quando fui encontrar minha véia
num treme-treme dos campos elíseos
ali subi entre seringas, fezes e farrapos
penumbra xingada
eu sete anos sem ver a véia
da minha tia veio o endereço
sempre garantiu sua irmã nas avalanches
maledizia mas escorava
perguntei na rua, me estranharam
o que ia fuçar ali no pardieiro?
passei onde há trinta anos teve portão
degrau por degrau, missão guiava pro alto
no tal 521 bati
as seringas chacoalharam no chão
parede gemeu
de angústia batuquei muitos ritmos na porta rachada
tempo de abrir uma rosa
ninguém me atendeu
mas uma renca de fantasmas me encarava pelos buracos
    da escada
e na hora de voltar...
o faro apagou o facho
medi o muquifo onde penetrei
adolescente crescido, marra na barba rala
e pavor entrevando a barriga
voltar era urgência, passada a sede que leva à fonte
inteiro medo
o medo amigo, do coelho na mata avisando da onça.
o medo bagunçado, de quem se afoga no raso.

bandos pipavam seus cachimbos
desci vagaroso
saliva entalada na goela
meu coração meu corrimão
no térreo pulei fraldas e ratas estouradas
mais o que deus não se orgulha ter feito
enrosquei meu pé num joelho e numa gaiola enferrujada
saí pro sol clarão, a vista ardeu
o mundo continuava largo
eu já tinha trovoado, relampeado e agora era garoa
triste eu mais eu comigo
só
o peito chiando
choro formigava mas não saía
vontade de nada, nem abrir nem fechar os olhos
sentei no bar, daqueles varandosos do tempo dos barões
ah, levei um mano, o Jôsa
na mão o que dichavou já tava suado grudento
nem perguntou, colheu no meu passo a decepção
minha íris amuada
calei num guaraná
pipoca doce mucha me mastigava
dois guaranás mudos
três

...

e veio a dona Amora, grogue
trupicando, minha mãe
tanta malícia na cara, na fungadinha
arregalou. gritou o golaço de me ver
apontou eu pro céu, me agarrou, me meteu no suvaco
é meu filhinho, ó meu caçula!
ó o tamanho do meu muleque!
usava camisa engomada de botão
e ali na lomba, vermelho um manchão
cheiro gelado de açougue
me abraçou ursa

afoguei na fofura dos seios
vale de dengo empedrado, os botões no meu olho
sangue minava e me empapava o braço
bafo escabroso me quentando a orelha
ácido em minhas narinas
soluçou o verso
– eu matei ele, filho!
matei o Lôro, agora!

...

Vai conferindo, malungagem

...

Se não fosse de moer os ossos eu até arriscaria que é um conto, Alã

...

É não, Negrita.

...

Acredito

...

A língua é minha, Negrita. a memória é eu, mas isso é vero.
Vida me deu sem eu pedir

...

aí ela me mostrou
meio na encolha, meio escancarada
se alguém visse: que-se-dane
um furo no bucho direito
e me carinhou, me lambeu. chorou a demanda
tanto caldo me descendo na testa
tava muito velha
véia? véio é o mundo, eu sou usada
tomei facada, filho
dei-lhe outra, rasguei, caiu, finou
e ela ia me perguntar: cadê teu pa...
mas engoliu
e zarpou
ficou aquele visco coagulando no meu braço

...

Será mesmo que engoliu esse quente na goela, Alã?
E matou pra não morrer?

...

Será, Negrita?

... o Lôro era o nego ruim da história
lá em casa o amante ziquizira
da pecha de ventania e safadeza
companheiro de trapaças e talismãs
sem protocolo

...

A gente quer um assim também, Alã
De veludo e de cetim

...

É, tô aprendendo isso, Negrita...

...

em 2012 descolei outro endereço da véia
usada
agora bem capionga
na rua já há uns dois anos
aplicando 171 no interior de minas
morando colada na santa cecília
manja ali, cracô, crocô?

...

Sim

...

combinei pra um domingo
meu menino mais eu, levei o neto pra ela conhecer
antes do jogo do coringão contra o palmeiras
que a gente ia assistir num sambaço na sé
a Dona Amora e o meu Pancinha: se conheceram

...

Outra hora, pra não te cansar, conto detalhes se você quiser, Negrita

...

Não me cansa

depois de outra escada molenga
enferrujada, comendo sol em caracol
depois do banheirinho coletivo
eu e o Pancinha passamos a cortina de plástico
dentro dava pra ficar todo mundo junto, de lado
vários pães na mesa, e coca que ela golava de copão
vi a margarina com farelos e casquinhas
lembrei quando comia só margarina, de colherada
era o que tinha
agora só comida crua, meu filho
é bom pros dentes, quem sabe eles voltam
você se importa, filho?
(vendeu botijão pra arrumar fogão)
fritura pra gente era só na rua, né, filho?
quem quiser diz o que for, mas eu soube te criar
vendia noventa pastéis por dia
ó como cê tá forte!
ali com nóis três o Lôro
coroa
feridas dos calendários nas pelancas da cara
mas viga, arrimo
parou de beber
educado demais comigo. simpatia sem forçar
perguntou coisa minha antiga
afirmava em fino gracejo
resgatou passagens transparentes
na sua voz eu passava o dedo
poeira dos meus dias pequenos
detalhes que reconheci flutuando
talismãs que ele guardou quentes na geladeira
passagens da adolescência nossa
ele sabia de tabela
os desenhos da capa de trás do meu caderno
os salgadinhos do casório do meu irmão, que meu primo fez
doces, birras e surras de Cosme e Damião

mora no embu, tem casal de filho da minha idade
fim de semana vai pro cortiço
meu Pancinha era um passarinho tímido e arisco
se amigaram os dois pelo coringão
e minha véia gargalhava histórias de seus vexames
guardando carro no estádio, morumbi
catando fio pra tirar cobre
(pastel nunca mais)
contou molambagens e sassaricos
romarias
vendendo cruz e campa nos cemitérios
eu já tinha pronta a tua cruz, Lôro, de mármore carrara
não ia te enterrar como indigente, Lôro!
contou quedas em buracos dos matos de embu
ele veio com bambu tirar ela
desabou também
bêbados barrentos namorando na cova
e quando te chamei pra praia, Lôro?!
tu percebeu, né, safado
rastreou minha bolsa
farejou, limpou, xingou
me safei da tua tesoura de ponta, Dona Amora!
seu cagão, não tinha nada ali, não
ele não deixou nem grampo na sacola, filho
e nem cochilou depois da farofa
que esmiuçou todinha antes de engolir, né, Lôro?
e quando tu surrupiou meu alicate, Amora?
só ameacei brincando e cê se trincou, rapaz
minha mãe e Lôro brindavam a morte
em cada frase de domingo
ela escarrava, ele lambia
ele rosnava, ela gania
quantos anos essa senha nos quatro olhos amarelos?
sorrisos chochos caíam da garupa
entravam no miolo do pão
minha mãe retorceu o baixo ventre

quis morder o nariz, instinto de cãimbra
onde teve trompa a melodia é azeda
buzinam muitas cutiladas dentro
escombros uterinos
reconheci escrito na testa dela
aquele jogo da velha
aquele trejeito que pivete vi demais
antes do desespero, dos copos cheios ou quebrados
assim quando ela aperreava a mão fechada no suvaco
ele também pegou esse sestro
desde aquela tarde antiga
corticeira, escamosa e coagulada
quando ele também usou faca e camisa de botão
certeza furada de matar
sol e fuga

...

Pequeninho eu levava marmita e café, minha mãe ripava na tenda de pastel e de garapa, doze anos fritando e moendo, as marcas das bolhas no braço e o mindinho comido na ponta. Freguesa suprema era a doutora ginecologista. Desde o tempo do mingau nas fraldas até o absorvente pago no cartão, da chupeta de colo ao salto alto, sua filhota se espichou com nojo e medo de mim. Eu ganhava gorjeta quando entregava pedido de escarola, de palmito. Pode passar lá na clínica, Amora! Não vai ficar esperando dois anos em fila do sus, não! Por higiene, precaução e dicas de gozar. Minha mãe não ia, que amiga é amiga e trabalho é trabalho. Me conta como deixa essa massa tinindo assim, Amorinha! Crocante! Você lembra minha madrinha! E vinha encomenda todo aniversário e ano-novo: uma no jaleco imaculado e outra num avental gorduroso. Deixa seus meninos ir comer um bolinho, Amora! E a gente sempre de canto, com as bexigas muchas que deixavam pegar. Não encosta muito na mesa pra não sujar a toalha, tá, meu bem? Nóis cheirando xampu, com roupa de sair. Uma vez sumiu uma chave... todas as vistas escorregaram de banda pra gente. Aí um bacana com máscara de Pateta chamou nóis prum pega-pega e a mão dele só triscava nossos bolsos da calça, até parecia saliência, abuso de menor. Eu gargalhava de dar olé, até meu irmão ameaçar um murro no Pateta se ele relasse de novo na sua bunda. E nem achou nada, que de metal a gente só tinha a braguilha e a moeda pra condução, guardadas pra comprar rolimã antes de pedir prego e martelo pro Zóinho, já de volta a pé pra Saboão da Terra. É, e minha mãe achando que já era da Casa Grande por causa de escarola e palmito, de vinagrete caprichado e chorinho no copo de garapa... Ela tava quase arriando... sustentar quem? Nóis ou ela? Era pastel na rua e tanque e ovo no barraco. Aí prenhou e abortou, já casada e desquitada. Botou fé que não ia ter polícia na canga nem hemorragia em clínica de madeira. Enfim procurou a doutora gineco, só pra aconselhar, que não queria nada fiado. Mas cabou a ternura. Diz que a dona de branco mexia o gelo no copo, que na prudência pra não entrar lepra nem pela orelha atravessou o consultório quilométrico e lá longe ligou o som, um bandolim no volume 10. Minha mãe só poderia falar gritando, mas não ia atrás, pedinte de romaria. As pernas cruzadas da médica, o pé balançando feito chutasse com fineza uma bola pra fora, pela janela.

Encaminhei a operação da minha filha, acontece. Foi limpinho. O anestesista era um doce, a obstetra se formou comigo. E a menina é dona do seu corpo, eduquei e ela escolhe o caminho, é esclarecida. Não escuto é patrulha moralista. Se tirassem feto de homem, já estava aprovado desde o tempo das pirâmides. Problema é que favelada acostuma, lá se estoura uma por semana. E eu não vou abraçar arapuca.

Dona Amora foi pra um clandestino. O bisturi (seria outro estilingue?) estilhaçou e emendou a vidraça de sua vagina. Lôro assumiu, fortaleceu na obrigação, mas todo povão escarrava. Era um só no travesseiro pra outros tan-

tos na flechada. Telefonemas anônimos, desvergonha em
julgamento de rádio, Cristo em louvor. Gozar pode, mas
ter filho não? É uma vaca! E se ela fosse esse embriãozinho
inocente, ia gostar de ser estrangulada? Vaca!
ela se sentiu foi vaca
viu a vaca, aquela da estória de sempre do meu vô
a que cambaiava pela secura
estio bravo
tropeçava com a poeira encrostada nas ventas
a vaca que tremia pelo esforço de suspirar
que comia arregalada a folha acinzentada
equilibrando pra não cair de borco
que vê numa lameira o último vestígio da água
que se atira na papa
a vaca que bebe o barro
lambe e quase mastiga o que sorve.
papa marrom que é pirão na boca
e amorna o papo
vaca troncha
que não guenta carrear no bucho o peso que lhe enjoa
que não segura suas arrobas e desaba
recheada de barro, de água que não vem.
minha mãe, vaca. boi. jumenta.
na cama, na correia, na curetagem
na manchete, no tribunal, na cela
e depois o reino dos escombros.

O BARCO

O barco atracado no deserto fofo. Esperava. Era um vasto terreno.

Acenava suas velas às garrafas e sacolas que passavam lá distante, fossem miragens ou não, lááá pras bordas do córguinho que margeava seu banzo.

O barco esperava. Seus remos inquietos se mexiam dentro do casco, teimosos, apinhados de memórias que chegavam das Águas cinza que tão bem conheciam.

O barco, acochado na secura e na espera, a cada dia enfeitava a proa de esperanças e sentia a popa se quebrar um caquinho, um tiquinho a menos ele tinha na hora de dormir, doente da paração.

Assoviava códigos que só sua companheira Água cinza antes sabia decifrar. E ouvia chuás que animavam seu aguardo.

Proseava sozinho. Divagava que era apenas um aperitivo à espera pro retorno da Água distante e que ela chegaria e o abraçaria em seu fluxo, rumando viagens. Ele murmurava devaneios. Não tinha mais papo com os remos, considerava-os muito temperamentais e não demorou pra cortarem relações.

Mas pro barco memórias eram também um doloroso recurso. E enigmático. Imagens do seu entalhe infantil; da primeira vez que deitou na água e dos descansos na margem; dos barcos furando com carinho a pele da água; das contemplações do sulco que ele próprio deixara na água e que pareciam eternas tatuagens, mas que a Água ia remodelando pra seguir sem marcas. Lembrava dos téquinhos de tinta que nos rolês iam se dissolvendo pro fundo do rio... e as cores se desmanchavam ou eram catadas pelas bocas dos peixes, que também eram a Água cinza.

Depois lhe disseram que não havia peixes.

É. Só que o barco esperava no deserto. E dispensava convites de oásis e açudes, de mercadores e religiosos, de vira-latas e dos moleques que iam lá lonjão buscar os pipas mandados cheios de linha. O barco agradecia, simpático... Ouvia recados, não distinguia se distantes ou se do próprio leito de si. Sopravam que a Água cinza apenas cumpria suas molhadas obrigações, que tratava suas líquidas formosuras, escorrências, e que acolhia bueiro e sacão que chegavam pingando amarelo. Mas o barco estava confiante que no Futuro, três ou quatro calendários pra frente, passearia inéditos oceanos.

Um dia, observando formiguinhas sempre formiguinhas, o barco notou de leve, quase sem certeza, que perdera as características de barco: era agora casa, de pele áspera. Era agora poste, de cintura dura. Era cadeira, de assento frouxo. Era quase árvore novamente, sem folhas. Era quase bicho, sem toca nem comida nem acasalamento. Percebeu que a larga espera era também uma soltura fresca na zonzeira febril do deserto.

... Uma Ventania veio modelar as areias vaidosas, como todos os dias.

O barco sacou o quanto a Ventania tinha de Água, fosse em brisa em tufão em movimento, envolvimento. E o quanto a Ventania era única, soberana e incompleta.

O barco se mostrou, anunciando suas beiradas.

Aceitou o convite da Ventania e inventou-se nave. No ar: pássaro, pedra e pipa. Nuvem. Sol levado em rotação pela Ventania. Esquentando a Ventania.

Zanzou, planou, vagueou...

Às vezes, recordava a sua espera atracado.

Um dia sobrevoou um mar.

Reconheceu alguma sensação, mas não soube falar o que pra Ventania.

Era o seu antigo deserto, agora oceânico. Talvez houvesse naufrágios e submarinos naquela água, que se alternava em azul e cinza. Talvez houvesse as costumeiras latas ou aqueles peixes improváveis que usavam mascara de oxigênio. Talvez houvesse lodo no fundo. Não havia canoa, nem velha calçando bótônas de plástico pra atravessar o mar cinza. Não havia touceiras de matagais onde habitassem as ratazanas ligeiras e nem madeiras de palafita machucada. Não havia catinga de esgoto e não havia chiado, só imensidão de pele de água. Cinza, e às vezes, azul, às vezes dourada... soltava um bafo morno, profundo em cansaço e beleza.

Era então a Água que agora esperava.

A TORCIDA QUE LEVANTA, DERRUBA.

> *A Éder, Guinho, Nanal, Akins,
> Preto Win, Gílson, Lobão,
> Marciano, Billy, Vandão
> e Dica. Onze.*

O Cantagalo era um timaço. Fineza e pulmão no meio campo. Mulecage sem piedade na frente. A gana e o porrete na zaga. Marquito uma muralha no gol. O esquadrão não tinha nem reservas pra trocar de fardamento na beira dos campos sem vestiário. Desfalcado por contusão ou expulsão, ganhou mais de uma vez com apenas nove jogadores porque negava aos reis o vexame de vestir a camisa encharcada de suor, naquele tempo dos uniformes de pano. Cantagalo... vivão na memória dos boleiros. Anos sem perder e não era caso de tiro na bola, que naquela época ter uma redonda era luxo e se preservava. Quem adquiria uma nova de capotão recebia até visita durante a semana pra conferir a danada que ia rolar no domingo.

No Cantagalo, Riva imperou com a 10 por várias primaveras. Foi da meninada que saía na mão pra carregar as chuteiras dos bambas, pra levar a Olé, a Drible ou a Viola, mas logo com 14 anos estreou contra os cavalão e já voltava pra casa com seus calombos na perna e os golaços na memória. As fintas pro falatório da semana na padoca. Até que numa tarde resolveu se despedir. Não explicou o porquê e nem frequentou mais o carteado da sédinha.

Mas a saudade da várzea abocanhava. Riva intimado por dentro. Morando na baixa do Jardim Maxixe e não mais lá no Morro do Carquejo, onde mandava o Cantagalo, Riva voltou pelo Chaparral, o rival mais chulé, que sempre foi de ganhar uma, empatar duas e perder três.

Chegou e trouxe a magia no desenho do ataque, a sofisticação nos voleios, a calma nos arremates. E o Chaparral completou dez jogos sem derrota. No mesmo verão que o Cantagalo, convidado de honra nos festivais da cidade, empacava uma série de sete empates seguidos. Foi nessa mão que aconteceu o clássico anual da vila, lá no campão da avenida Cuscuzeiro.

O Chaparral levou oitenta na torcida, batucando e soltando rojão, chegados a pé, de rolimã, de buzú ou espremidos na caminhonete que Tio Lói, dono do time, bancou pros jogadores. Nesse ano a justiça dos humildes ia prevalecer. Já o Cantagalo encheu quinze kombis e chegou soltando chuva de papel, levando sua seleção pra frente. Cada torcida atrás de uma trave.

Riva pisou a cancha barreada. Estranho aquele travo no peito, jogar contra seu Cantagalo... Do lado de lá o Marola, o Febem, o Tatu, o seu irmão Nivaldo. Um ou outro dos ex-parceiros veio lhe estender a mão.

A peleja começou e Riva bambeou. A torcida que levanta, derruba. O rancor cantava seus hinos. Antes de qualquer passe chegar pra ele, a torcida do Cantagalo já trovejava suas vaias. Entre uma botinada que recebia do seu mano Nivaldo e uma pisada catimbeira no calcanhar, Riva mal pegava na bola. As vaias rasgavam o ar, arrastavam as nuvens. Assim o Cantagalo fez dois gols, os dois do menino que substituía Riva e queria comemorar com o seu mestre, com quem aprendeu os macetes de entortar zagueiro, de cadenciar o jogo, de matar garboso no peito, chapelar e meter certeiro no cantinho. Mas não era dia... Riva era a pereba da vez.

A torcida do Cantagalo azucrinava gostoso o seu ídolo de outrora e Riva purgava ali as mancadas do mundo. A galera do Chaparral muchou e amuadinha mastigava a humilhação, até acender quando cismou que ali tinha medo ou trairagem. Sentiu cheiro de covardia: o Riva esfarelava é porque era contra seu time do peito e ele não queria proceder. Então, que harmonia! Afinadinhas, as torcidas assoviavam e puteavam a cada frouxura do Riva. O campão vestia a manta de vaia a cada lance do camisa 10.

Bola é assim: se marca 3 gols és rei, se fica três jogos sem marcar, és vacilão, safado. Forca pra tu.

Intervalo. Sem nenhuma sílaba, o Tio Lói só na olhada pediu a camisa pro Riva. Havia uma molecada doida pra jogar fazia semanas, a mesma que agora rezava pra não morder aquela fogueira e que se escondia do técnico. Mas o Riva cresceu na degola, seria demais prum boleiro do seu naipe. Tira eu não, Tio Lói! E quem é do lelê sabe o tamanho da brecha, o fura-zóio com os reservas, se um titular desconsidera assim. Na farseta então os menino amuntuô e tumultuô. Forjaram uma rixa, insinuaram levante. Dariam o sangue pelo Chaparral... Mas Riva manteve a pedida.

E o 10 voltou. Com ele, a fuleiragem das torcidas: uma num coro gozando o despeito, na pirraça metralhando no grito o seu antigo cracaço; a outra na raivosa vergonha de quem pressente uma goleada e elege o vendido da ocasião. Era a bola chegar no raio do Riva que já crivavam ele de blasfêmias.

Não durou o cacarejo. Nem a do Cantagalo pôde seguir na chacota e nem a do Chaparral teve a cara de pau de aplaudir seu craque no fim. Mal comemorou os gols... que foi 3 a 2 o resultado. Deu Chaparral de virada. Dois do Riva, um de cobertura e outro dibrando até o juiz e a trave. No último minuto, mesmo descido no pontapé pelo Nivaldo, deitado na lameira lançou pra seu centroavante marcar num cabeceio de peixinho.

Depois de tirar os toletes de barro da chuteira, subir na caçamba de novo, voltar pro barraco e abrir suas gaiolas, soltando curiós e coleirinhas, Riva antes de fechar a tramela do portão ainda disse pra Tio Lói, a quem deu as prisões cheias de alpiste com os poleiros vazios: "Sabe, prum homem de caráter, a vaia é o maior incentivo".

REZA DE MÃE

— Não reclama, peão. Você não mora com o nenê mas vê tua filha mais do que eu, que durmo na mesma cama que a minha menina.

Cabreira, Pérola só se largou na amizade com o cidadão depois de conferir a sua panca, semanas no mesmo ônibus, descendo dois pontos antes dela. Cada um ia pro seu matadouro. Virou camarada de se espremer, companheiro de segurar bolsa mesmo sem sentar, aliança de nem chiar se um pisasse no pé do outro. Ela já tinha lhe pago uma passagem quando ele esqueceu o bilhete no bolso de outro avental. As quatro mãos toda manhã segurando a mesma pilastra na condução, os pés rangendo no mesmo degrau, derrapando na mesma curva. Horas e horas. Ele passou a saltar no ponto dela e voltar dois a pé, só pelo prazer tagarela.

— Você ainda vê tua filha toda tarde, mano. Pega, ouve e bebe daquele olhão aberto te engolindo. Cê não diz que tá junto até na hora de mamar? Que enche banheira com camomila pra ela, que troca o mingau da fralda e que tudo?... Aproveita que passa, viu? Se casasse capaz que ficava menos ali, pode crer. Eu só vejo minha princesa dormindo quando chego destroçada de noite, que antes dela levantar pra limpar a casa e ir pra escola eu já saí. Quando Lavanda volta, faz a janta e deita antes de eu chegar. Conheço a piázinha pelo prato lavado e pelo ronco. E pelo chulé também, ali eu manjo se Lavanda tá de tromba ou se tá espoletando. Só faço é rezar ou contar uma história quando a bichinha já tá babando no ursinho.

***

A volta. Três horas no moedor, avenida é hotel. Tá ficando corcunda. Desceu na divisa entre Jardim Maxixe, Jabaquara e Vila Inhame. Pula poça, engancha dedão em rabiola porca, vê sessão de foto: é turista ali alisando o camburão incendiado? Na outra calçada é mais iluminado e ela vai. Viela. A chave não roda, não roda. Ai meu Deus, minha filha. Ontem a maçaneta bamba saiu na mão. Abriu. Bolsa no prego, blusinha no balde, sutiã no chão. Peito livre, o grande gosto do dia. Fivela abre sandália, delícia andar descalça. Tira os grampos, o brinco único que usa. Desde pequena a orelha esquerda não tem balango, ali não cabe brinco.

A princesa dorme. É a paz, a pluma babada da paz. Pérola amacia um chamego na sua testa, a menina suspira e mexe mas não acorda. Bem miudinho, deita no mesmo travesseiro e conta. Cochicha em camisola. Pra quem?

"Era uma vez um barraco de sonhar. Ouvia pés tamborzando no chão, multidão de solas a caminho do barraco de sonhar. Ouvia os calcanhares escorregando e levantando decididos, recuperando o passo e rumando pro barraco benzido por antigas madrinhas de quintais. Ouvia o burburinho das que não dormem, das que se deitam com o pijama da fome, as que carregam pratos de lata e máscaras de papel crepom.

O barraco virou um ninho. Enrolaram seus corpos em lençóis temperados com o incenso que vendiam no ônibus. Dentro das mantas defumadas se acocharam nas escadas do barraco, estiradas debaixo das pias nos banheiros limpinhos e nos beirais das janelas. E na casa de sonhar sonharam. Como os gatinhos sonham ser onça varando a mata, as jaguatiricas sonharam ração na vasilha e tapete felpudo? As mulheres sonhavam, raízes aladas, e plenas de lucidez compreenderam os temporais que derramavam nas esquinas e regras do seu sangue. Seus mormaços, suas brisas. Sonharam e se assistiram no cangaço, dançando ao som de desenho animado. Sonharam e eram canoeiras levando a lua alumiosa em suas jangadas, conduzindo a lua pra tomar sol na praia do bambuzal verde.

Cada uma esperava a vez de passear montada num pardal, a ave desprezada que desviou de estilingues e foi expulsa de alçapões onde bicava alpiste. O pardal tirava da fila uma a uma com o bico, punha montadas no seu cangotinho e abria na cabeça a detenção sem grades. Voavam pelo próprio céu de cada uma, por dentro da barriga. Reconheciam o medo sem sustos, a cólica sempre por vir, e torneavam as montanhas de Minas Gerais com confiança. Outras plantavam o umbigo de seus filhos nas margens de rios dourados que nasciam de seus pés. Entravam em grutas com aroma de canela e também em celeiros repletos de frutas já apodrecidas adoçando o ar, que esperaram um apetite tardio. Esquecidas do medo, esse irmão gêmeo de cada uma, viam as chagas nas penas do seu transporte, o pardal avariado. Mas notavam que já galopavam numa cadela branca e soberana. Bastava soprar em suas orelhas e ela trazia de volta as sonhadoras pra casa benquista. A cachorra se despedia e da sua baba canina as gotas do medo evaporavam. E batia suas patas, asas brancas, saindo pardal pelo ar novamente. Mas também ficando cadela na porteira da casa. Mordia com ternura as veias dos chegados pra sonhar, vinham muitos homens. Ofereciam tudo o que tinham de valioso, suas baganas, seus talismãs, as fotos manchadas da família largada. A cachorra branca farejava suas artérias na munheca, na virilha, na fronte e encontrava a veia que traz-e-leva-e-traz a gama, a impaciência vermelha, a quentura que desobedece toda a postura envergonhada, toda correia militar abandonada diante do mero vulto da paixão. Sem morder, sugava as veias roídas e delas tirava retrovisores de automóvel, fraldas melequentas já endurecidas, sutiãs ainda em pacotes de presente. Sacava os uivos que esses homens não deram. E diante do sorriso da cachorra eles trocavam de veias para entrar. Aquelas veias puídas de cada um, que surgiam na mão como o bagaço que é dado aos mendigos após a refeição dos ricos no domingo, pousavam nas palmas novas e viravam cumbucas de cheiro e borboletas azuis.

(Lavanda adormece e ressona ronquinhos de gata)

Entravam e a cadela conduzia cada um a seu canto. Ela lambia buracos nos tijolos, os muitos côvos dali feitos pelos meninos pra guardar revistas pornô, parangas e carretéis de linha, e ali cada senhor colhia seu sonho.

O segundo, num trono no beco com seu cajado, já velhinho, soprava uma revoada de estiletes e servia tapioca à sua amante da juventude.

O primeiro arrancou uma xicrinha de uma fechadura e sorveu chá de camomila gelado. Das gotas que vazavam, nos seus pés brotavam árvores nevadas. Martelava e quebrava os cubos de gelo da garg...

Pérola desmancha. Canseira. Hoje nem banho.

***

Cedinho, ainda nem evaporou o orvalho e já custa três moedas a sessão de espinheira. Pra entrar na tortura tem até jura de morte. Cotovelada é assinatura, mochila é heresia. Bafo de café, bafo de cana, bafo de fome. Futum de roupa de varal sem sol, charque de desodorante. Metade dos sentados dorme, metade dos de pé também. Vai aprendendo o que é encoxada de safado e o que é encaixe sem malícia. Sai carqueragem por causa de janela. Fecha! Fecha, nada! Deixa aberto! Pérola não disfarça o desprezo pela manada, mas os outros olhos são espelho. E nesse sacode ela precisada de um banheiro, que ardência no canal... mas ainda tem uma hora e meia de romaria. Prende o respiro, que vacilou em tomar água pra sair. Lhe vem uma visagem: o dono da viação tomando uísque em beira de piscina aquecida, mordomo trazendo pinico.

– Calma, don. Tua filha não vai ter cinco meses a vida inteira. Logo ela desmama e cê vai carregar ela pra tua casa. Aprende tudo: amassar maçã, fazer papinha de abóbora, de batata. Vai rasgar gengiva, crescer dentinho... Eu troquei fralda da minha até em banco de ônibus... Daqui a pouco cê vai dormir e acordar só com ela. Dividir a semana com a mãe ou pegar pra criar de vez.

Descem. Despedida. Alugar a alma. Marasmo e sangria.

Turno de oito horas. Depois da marmita não tem mais pendência, mas tem que ficar até o fim da tarde, contrato. De tarde, todas as funcionárias em volta de um buraco de areia. A ordem: em roda, cada uma tira com sua pá um tanto de areia e joga sempre pra direita, pro monte da vizinha, até cada monte arriar. E vão tirando mais do fundo de novo. Proibido falatório.

– Que horas são?

Algumas tinham experiência em outras firmas, em fábricas de tênis que torravam palmilhas e solados pra manter alto o preço do sapato, o suficiente pra garantir a cotação da marca.

-Bateu sinal, vambora!

***

Tá um forno, Lavanda dorme pelada mas bota a meia. Igual eu.

"Minha Rainha, agradeço esse teto, a janta e a força pra trabalhar. Guarnece os lábios de minha menina. Defende o que sai, limpa o que entra. Desinfeta os parasitas, mata as bicheiras e abre fartura pra Lavanda. Tira seu pescoço do arame e seus pézinhos do lodo. No seu caminho não pingue carcaça, nenhuma carabina saiba seu sangue. Protege seus olhos das lanças. Protege dos esgotos a pureza de Lavanda. Tira essas coxas pequenas de qualquer garupa peçonhenta. Guarda nas esquinas e nos faróis. Suas costas não enverguem por humilhação e ela não deite em covil. Suas mãos conheçam o fruto, o carinho e o dinheiro. Agradeço, Minha Rainha. Olha ela por mim quando eu me arrasto".

***

Sábado sempre firmava uma limpeza em casa de bacana. Deixava a menina trancada por amor. Faxina lá e cá. Pérola saía com uma mixaria e de brinde umas roupas usadas. Naftalina empesteia, é um cheiro de caridade machucando a coluna...

De domingo, lembravam o timbre da voz uma da outra, o bocejado na cama, o descabelo. Picavam juntas o tempero do frango, conferiam esmaltes, cadarços, cadernos. Pérola apontava os lápis da pequena descansando os tornozelos numa torre de almofadas que a guria roubava pra começar uma guerrinha. Mirava na cabeça e descia a pancada. Gargalhava de soluçar a saudade.

– *Mãe, quinta-feira o tio disse que queria pegar ferramenta e me dar um presente, disse que era um bombom. Tentou até passar a mão por debaixo da porta. Por que não pode abrir pra ele?*

Mas a segunda-feira chegava pulando com as quatro patas no peito. A folga era ligeirinha e, de noite, num rascunho de carinho, Lavanda lembrava a mãe pra não se atrasar de manhã. Pérola ranhetava, sabia da guilhotina cega do dia seguinte, o primeiro abate da semana.

– *Não preciso de relógio azucrinando na minha orelha pra acordar. Minha cabocla me desperta, ela sabe a hora que eu preciso levantar e nunca me empaca.*

Apaga a luz, mão na mão.

"*Minha Rainha, agradeço esse teto, a janta e a força pra trabalhar. Que minha menina bata palma em portão decente. Lavanda não inche de orgulho. Não lhe levem pelo pescoço, não lhe amarrem no poste. Pelas portas saia melhor do que entrou. Dedo cagueta não lhe cutuque, nem com a unha nem com o vento nem com a língua nem com a sobrancelha. E quando não mais passear pela terra, que não mijem na sua cova. Que Lavanda não seja desprezada ao relento, mas se for, que mande pastar e se levante como eu me levantei. Agradeço, Minha Rainha. Olha ela por mim quando eu me destroço e quando eu gozar*".

***

A cabocla não chamou na quinta-feira, deixou o sono minguar. Pérola levantou e ia injuriar mas pôs confiança. A filha tão acostumada à ausência nem percebeu que pisou pulso de mãe, que acendeu luz na cara. Proibida abrir janela, foi pro colégio pelo caminho mandado, o mais distante. Pérola montou ônibus vazio, sentiu falta do comparsa e armou um converseio sozinha: -*Sabe o que eu queria? Ficar lá no serviço tranquila sabendo tudo, ouvindo cada burburinho que roda lá em casa, vendo minha muleca de longe... será que ainda vão inventar uma máquina assim... vão, né?*

Chegou onze horas. A cabocla abençoou sim: ninguém despertou com o galo naquele dia. Toda banca do seu pelourinho, até o feitor, só entraram depois do almoço. Pérola adiantou serviço e não deixou sinal. Pegou a pá que deixa menos bolha e foi pra função na areia.

Minha cabocla alumeia o caminho, guarda e defende.

***

Nos domingos a certeza da derrota. Dia de enxergar com mais vagar a semana de frustração, a gangrena da impotência. Acalmar e parar era perceber o atoleiro. Domingo era dia de refresco, mas o suco vinha morno.

Teve uma vez que saíram. Atravessaram a pontezinha bamba, foram cortando pelas vielas. Lá pra cima na avenida Cuscuzeiro passam três linhas, a menina disse. Duas horas esperando o ônibus em frente um muro. A poesia era ler o muro. Horizonte é cimento. Voltaram pra almoçar e a tarde mareou no tapete, soninho escorrendo.

-*Mãe, terça-feira o tio foi lá na porta da escola. A senhora cisma com ele... Eu entrei pra diretoria e fiquei espe...* -A mãe já não escuta. Ou será que dormindo a palavra entra? Um cochilo santo na tarde do sétimo dia. Morde os lábios, range os dentes. Será que entra voz na cachola dela assim?

***

O dia foi dureza, areia empedrada. O tornozelo vem com o peso da cabeça. Vê bosta de cachorro no sapatinho da menina. Até a meia tá com amarelo! Jumenta! Mas o resto do barraco cheira desinfetante. Não ia jubilar a pequenita, aquele sossego de erê sonhando. Se segurou. Na calada da madruga pôs tudo fedido pra fora na viela, onde tinha espaço no sereno, na passagem do povo.

Cobriu os bracinhos e contou:
Era uma vez um homem lambuzado de bosta de galinha. Tinha só uma orelha mas ouvia tudo do mundo, assovios lá da China, latidos no Japão, segredos das crianças no banheiro. Seu brinco balançando era uma boneca careca e sem pernas, das baratinhas de camelô. Ele era uma magreeeeza... de contar costela e ver o osso espinhando pra furar a pele, vazando um sangue verde bem aguado que usa pra apagar fogueiras onde junta roupa fedida pra queimar, essas que secam sem sol. Ele esguicha pela costela. E dá roupa nova pros encardido. Na testa tem uma fileira de bilhete de ônibus e de trem, empresta pra toda gente. Às vezes confunde cartão, é tanto. Seu pé esquerdo nem toca no chão, mas completa o passo. Pisa no ar, manco mas pisa. Acampa na mesma esquina desde que você nasceu, atravessa dum lado pro outro sem parar. Não promete mais vigiar carro, nem risca mais as portas de quem não deixa moedinha. Nas suas unhas tem um monte de pulguinha pulando, tudo de fralda. Dentro das suas calças é uma gataiada chacoalhando quando o sol levanta... coxa do homem tudo arranhada. Fala uma vez a cada dez anos e responde pras crianças as perguntas feitas desde as luas mais antigas. Língua flauteira e de-

safinada, imita o som das plantas crescendo. Pela única orelha sai cheiro de feijão. Derrama terra molhada pelos buracos do nariz. Quem se torce de nojo, não aproveita a terra que vem com raízes de altos abacateiros. Se assoa o nariz vem uma jaqueira que ainda traz na casca do tronco as oferen...

Roncam.

***

Hoje passear depois da feira, promessa. Mas garoou no pastel. A menina muchou... bem adestrada, nem insistiu, mas merece. Sou justa.

– *Como é que chove, mãe?*

Cada vez uma resposta. Saboreava abrir a cuca dela, falava com intenção de botar crença. Tinha vez de explicação mais séria, lembrava do colégio: *Uai, água evapora, Lavanda. Nuvem engorda e arrebenta.* Noutra hora deixava arreliar. *É sopa de estrela, filha.* Ou então inventava alguém no céu mijando.

...

A menina pajeando a mãe que dormiu no ônibus. Acarinhava o braço, arrumava a cabeça dela no travesseiro de vidro, se aconchegava no peito, levantava eriçada de novo e bajulava aquela fortaleza que não despertava nem com toda trupicaiada dos coices do busão. Percebeu a mãe tão desfalcada... descamada. Dava pra tomar sopa nas suas olheiras.

Pérola acordou de repente. Viu um homem gemendo pra arribar um bocado de caixa, afastou a cria e se jogou pra socorrer. Caiu pra trás no primeiro peso, bateu cabeça no gongá da catraca e ralou o cotovelo.

...

Arrumou a coberta, colocou travesseiro na beira da cama pra Lavanda não cabecear a parede. Quando era nenê girava no colchão igual ponteiro de relógio.

***

Um domingo por mês a mãe some. Panelando a madrugada, embala vasilha esfumaçada em jornal e pano de prato, deixa bolinho, refrigerante e vaza antes do sol. E volta na alta noite pro dengo trancafiado.

– O quê que brilha tanto na cinta do tio Riva, mãe? Eu vi pela racha na porta, ele veio aqui sexta-feira... Chamou no beiral, pediu pra tomar água. A senhora não me deixa abrir pra ele... Por que tem essa implicância?

– *Não deixa seu tio entrar!* Lembra o irmão na viela olhando a menina. Roupa de várzea barrenta no corpo, uma sacola de feira com a chuteira, mais o jiló e a catalônia pros passarinhos. Reluzindo na cintura o facão contra o sol. – *Lavanda, se eu chegar e encontrar essa porta destrancada eu te quebro no cabo da vassoura! Te rasgo a goela na chave!*

Já tinha ouvido que no barraco ele chamava seu facão de "microfone". Era o que traduzia e aumentava o volume da sua vontade. Aprendeu colocando caixa de ovo em parede de estúdio, na rádio Munganga.

O seu tio Riva, escamoso desde pequeno. Tentou lhe subir a saia, na mão uma faca de passar manteiga. Ela não deixou mas foi ali que perdeu um teco de orelha. Mamãe não corrigiu, capaz que até passou atestado de macheza pro fedelho. Ela dizia de eu não beijar homem na boca pra não emprenhar... aos 18 anos quando dei meu primeiro beijo já tinha uma filha parida e um aborto. É dentro de casa que a baba brilha no piso. Na rua é erva-doce e porta pra dentro é chá de losna. Enfurnado no barraco, o irmão hoje mete até celular nas filhas quando a esposa vai trabalhar. *Minha mulher, minha, deixo sim ajudar no sustento.* E a volta da lida é pro murro, o roxo do olho dela. – *Caí do sofá, tava arrumando a cortina pro Riva descansar.*

Pérola trouxe um sabonete novo, presente. Deixou Lavanda deitar com ele estofando a fronha:

— Tio Riva era pedreiro, filha. Molequinho, ripava mexendo cimento e carregando lata, aprendendo a tirar prumo. Uma vez, de noite ainda na obra, o eletricista puxava uma gambiarra. Tio Riva juntando um piolhinho de hora extra pra comprar pão, mortadela e um sapato. O mestre de obra voltou só pra conferir, já tava todo cheiroso o mandão, sem capacete, de cabelo lustroso. O eletricista fuçando e faiscando, botando um bico de luz pra obra inteira, tirante um outro que ficava na latrina com os baldes. O peão injuriado na pressa de botar logo energia onde mandaram, de esticar ligação na varanda que ele nunca ia poder nem olhar da rua sem chamarem a polícia... esse rapaz acendeu a descarga errada e seu tio engoliu um relampo com a mesma gulodice que comia bombom. Tostou no ato e ficou dois meses num relaxo de coma induzido. Férias não remuneradas pro menino, todo descascado, despelado, não podia virar nem pra pegar um copo de água que as férpa de pele queimava no couro, esticava na agonia. Tadinho, não tinha nem barba, só aquele bigodim ralo de moleque raparigo, mofano mofino. Amarelando no hospital até aparecer numa visita o mesmo eletricista que baixou aquele raio na goela do teu tio. Malícia ali tinha, dibrou vigia do hospital e pra resolver a consciência pesada deitou uma renca de verme no couro do coleguinha de obra. É sim, vermezinho, bactéria. Soltava as cobrinha e xingava todas: Come, desgraça! Trabaia, Sifilose! Dizia que assim pegava melhor a coragem nos bichinho. Natureza é feito um quadro de luz, eu domino, menino! Bem, as lombriguinha vieram com fome e começaram a embocar logo toda aquela plurirama de pele incendiada, o meu irmão rebuliçava de cósquinha. As lendiazinha se espalhando no corpo, engordando, se comendo uma na outra, aquelas pleurinha no banquete mastigaram toda a fiapeira de carne vencida, não ficou um toco de pele morta. Não deixou um descasque de cobra, nada, os verme vieram e arrumaram o couro do teu tio. O Riva foi transferido prum *outro leito, cama numa esquina de corredor com escada, de frente um elevador que subia caixa de esparadrapo e seringa. Contraiu uma infecção hospitalar justo na noite que o governador, lá do estrangeiro, dava entrevista e assinava um convênio miliardário pras melhores condições de prevenção do século, beijava prêmio e bondade daquela empreiteira onde agora trabalhava só o eletricista. A firma do seu tio, ói que orgulho! Os micróbinho curaram o paciente, ele deixou só a dica pro Riva não se coçar. Fez igual seu vô fazia comigo pra eu não comer unha: passou pimenta no dedo do Tio Riva. Nenhum enfermeiro contrariou, que não tinha outro remédio pra esse negócio ali. E a pele nova ficou só esperando maturar. Passou duas semanas, teu Tio Riva zarpou direto pra mesma obra onde dois meses antes tinha virado uma tocha. Lá, pagou multa e trabalhou cinco dias e cinco noites pra bancar o prejuízo na obra e na propaganda da firma.*

Enquanto contava do purgatório no médico (cê tirou férias de duque só pros outros trabalhar mais, né, muleque?), novos peões dormiam na sombra, hora daquela tristeza boa que vem de sobremesa pra marmita. Cama era saco de cal. Dois mais antigos dedilhavam uma viola que só tinha cinco cordas, serenata pra quinze minutos sem pesadelo defronte as madeirites que tinham pra carregar de tarde. Alguns sonhavam com diploma de faculdade, registro em carteira, outros com um berço pra colocar filho recém-nascido. Vários não sonhavam nada porque o baque era forte, desmaio de cavalo.

Mas todo mundo acordou quando acendeu aquele holofote, que era a passagem do teu tio na obra, desfilando de pele nova cintilante.

A menina dormiu faz tempo, nem ouviu o final. E Pérola não consegue apagar a cabeça.

***

Nossas conversas no ônibus sempre foram sem mutreta. Pérola sempre foi atinada, não abraçava lenda nem encostava em mentira, nem as que pareciam mais necessárias, essas lorotas pra gente não tombar de vez. Se tinha crise endurecia. Minha filha adoentou e Pérola consolou realista:

– *Mano, você não é leso. Sabe que não vai chegar verba nenhuma pra hospital, não tem ambulância nova nem máquina estrangeira no caminho, nada... É papo de deputado. Mas fala baixo, senão a gente é linchado. Espia, atenta: esse povo bebe ilusão no gargalo, come humilhação com farinha. Vive tossindo e qualquer espirro é gol. Tu pague agiota, mas leva essa menina num doutor particular!*

Mas quando foi sua filha que sumiu com o tio, que o beco inteiro viu o vagal dando chocolate pra menina; quando foi com a sua cria... aí Pérola chafurdou e agarrou na mesma boia de todo mundo.

– *Mano, minha menina só deve tá me testando, tá na casa de alguma amiguinha da escola. E se ela tiver machucada... tá chegando um bando de médico do centro, me avisaram no serviço. Mano, Lavanda vai ser a primeira a ser atendida no hospital novo... agora debaixo da colcha mesmo, quentinha, toda noite eu vou passar a tabuada com ela... mas se a pequena não voltar, onde tiver vai ser feliz, crescer... heroína a minha menina, heroína que arrancou sobrancelha de estuprador.*

Repetia pra mim, pro piloto, pras colegas do areal, pras patroas sabadais. Entoava esse mote até quando escovava os dentes. Era sua crença, seu ponto no barravento e seu rosário.

E, se um dia, de novo Pérola subir comigo na condução ou se a gente tremer junto a bengala num asilo, ainda assim não vou contrariar nem perguntar dessa filha sumida do seu colo.

Gugu mofava num sanatório santo e sua mãe preparava a primeira visita, cheinha de guloseimas. Deixaram Gugu enjaulado na crocodilagem e levavam sacolas cheirosas pra descarregar a consciência que amargava. A família garantiu que era só veraneio o passeio que largou o seu mais velho amarrado numa aldeia que limparia o mundo do vício, da blasfêmia e da lepra.

Foi chá de lírio ou de trombeta? Foi fumacê ou a tevê? O que zuretou Gugu? Matusquela ele tava antes sim, mas nada comparado com a morgação de agora, atolado nos remédios rezados. Internado já juntou hematomas. Tava jurado no bairro, sim, mas problema vem no cuspe, dá grãozinho de problema em cima de qualquer muro. Entre os dedos do pé já cabe nascer problema.

Gugu começou a berrar em porta de bar, discutir com parede e socar poste. Até aí passava, mas quando decidiu pela peladice... Pra não doar suas pulgas e traças incendiou varal, gaveta e fez do tanque uma pira, mas nenhum campão na Vila Gengibre, zona leste, permite nudez peluda no claro do dia. Qual feira não arrebenta um tarado saliente se relando na mandioca, no pepino ou no rabanete? Andar pelado solta muitas razões turvas, sabe? Liberdade desvestida estorva... Sangrou no lixão e costurado na grade da quadra prometeram lhe castrar. Lamentável ausência de uma cadeira elétrica... Restou escarro na sua irmã e ameaça de pau com prego na nuca do seu caçula. No ponto do ônibus, avós da comunidade jogavam lixo na sua mãe. Em cada ruga um escarninho.

Mas somos um povo que luta junto e ninguém decidiria sozinho os caminhos pedregosos da existência. Toda gente deu pitada de juízo: Isso é falta de Jêzuis! É não, cumadre, precisa é fazer o santo! Ôchi, falta é tomar uma pisa pra criar vergonha no focinho! Ah, vá carpir o quintal!... Então família internou pra não enterrar. E Gugu chegou no campo dos templários farejando trairagem, mas sem a certeza de que ia se entrevar na tranca.

Há quem plante outra versão: Gugu não ficou em camisa-de-força por tramoia de família amuada. Providência divina teria atendido rezas maternas e os obreiros da salvação buscaram o gênio em casa. Gentileza pra enfurná-lo no carinho do campo de concentração. O mistério da chegada dos olheiros justo em hora de desamparo foi a profecia que faltava, o selo.

A Comunidade de Terapia Benta encarava seu fardo civilizador e lia os vestígios de revelação: de qual nuvem ia chover detento pra regenerar? De qual árvore ia brotar paciente pra endireitar? As escrituras disseram: obrem. A recompensa vem aos dedicados e justos. Na provação deve-se inventar o rio pra se ter peixe no aquário.

Vossa Excelência administrador da casa venera os domingos. Devoto na missão, sacrifica o sétimo dia pro viço crescer em seu jardim. O que seria de nós sem o espírito empreendedor que ergue muros aos penitentes? Nessa intenção de ceifa e de paz é que voga disfarçado o Medo salpicado dia a dia em nosso nariz. O Medo, tão caluniado.

Amestrada a segurança pro sereno dominical. É dia de visita e que nenhum rastro de conflito reste em gotas vermelhas ou em farrapos pelo chão. Preparados os agentes pra conter a empolgação que o colo da primeira família proporciona aos seus novos filhos, Vossa Excelência administrador lambe os beiços esperando os quitutes de louvor daquele povo humilde (tomara que tomem um banhozinho...), os mimos pros cativos em cura. Vêm grelhados tostadinhos como uma bruxa na fogueira, sobremesas crocantes como a sola dos mártires peregrinos, doces como o mel no meio das pernas das pecadoras precisadas de condução, as que ele assessora pingando o dom divino de seu membro. Sabe que o afeto é remédio mais forte que qualquer injeção... ajoelhar no milho do Amor amansa os tendões da insânia e os ligamentos da rebeldia, abençoa a rótula da fé.

Dia de vender frascos do perfume de Jêzuis pro suvaco dos eleitos. Desodorantes feitos pelas mãos abiloladas ali mesmo nos porões da terapia.

Chegado o pedido de visita familiar, prepararam o muso. Lambuzaram Gugu com óleo de amêndoas, enfiaram dentes de plástico na banguela que veio de uma carícia do pé do vigia. Parrudo, encaixaram-lhe uma rolha no furico pra frear a caganeira que enlameou as calças pela semana. Gugu ficou uma lamparina e convocaram uma reunião de diretoria sobre vender seu passe pra alguma fazenda ou passarela de desfile, daqueles que apalpam e conferem arcadas dentárias antes de comprar. Gugu tava luxo de delícia.

A família descascava, temperava e confeitava os dias. Ninguém provaria antes de Gugu a fartura. Cadê pano de prato pra cobrir tanta vasilha? Como levar tanto suco? Jarras não tinham e nem bom dia ninguém lhes dava mais na Vila Gengibre. Ajuda, necas. Mas em segredo, temendo expulsão do bairro, vizinhos emprestaram garrafas e nem exigiram volta. Medo de infecção pinicava por baixo da capa generosa. Vírus da doidice não entre aqui, era uma reza sussurrada de mãe. Vírus de quem? Daquele filho de uma ratazana, tal de Gugu.

Gugu madrugueiro que embaralhou letreiros na garagem dos ônibus da zona leste. Trocou destinos e rumos na testa de cada busão. Cedinho, no cocho de cada dia, quem foi trampar na norte chegou na sul e quem seguiu pro centro cambou pra serra. E Gugu, peito de orgulho, foi encomendado à casa de tratamento. Herói saboteiro incompreendido. Por isso, a mãe encarrilhou bolos na forma como os ônibus da avenida. Poesia é saber colocar a comida na mesa. Sovar a massa era massagear as costas de seu filho, tinha carinho até pra quebrar casca do ovo. A cobertura de amora era a aurora, vista pela janela do cobrador. Dona Kimberly do Amparo ainda confeitou o nome inteiro de seu mais velho nos braços de um boneco do bolo. Sabia que no beco de cima Gugu batizou pupilos e profetizou riscarem seu nome nos pulsos, mas oito anos de escola pública não foi tempo pra aprenderem a escrever e ficou tudo só num G mesmo.

Ah, a sabedoria dos sofredores que proferia as sentenças: Esse muleque é jararaca no cajueiro! É nada, é jaca mole! Ôchi, tô lhe dizendo, eu conheço, é pimenta madura! Negativo, cumadre: esse aí é sombra de fumaça! É só questão de um corretivo pesado que sara.

Mas Gugu curiava pelas ruas em obras de troca de paralelepípedos por asfalto. Bolava geleia de piche pro seu sanduíche de mato baldio. Chupava pedra de sarjeta. Dizem que aí estricnou de vez e nessa chupança contraiu a leseira grande. As pedras mais suculentas ele cuspia de rajada no olho dos passantes. A irmã Stephany Francisca embalava balinhas de coco pra ele com a novela ligada e na tela era Gugu que provava suas balas e catarrava na vista do galã. Stephany se perguntava: fosse ela que desse faniquito, teria que mendingar carinho pra mãe?

E com a sapiência que só a vida nas quebradas dá, tantos apitaram a gala de Gugu: – Esse aí é umbigo sem barriga! Não, amiga: ele é daqueles que arrodeia, corcoveia, rodopeia e sangra, vai por mim! Fia, esse é um João-sem-braço. Dá-lhe um chá de cinta bem aplicado pra tu ver onde termina esse assanhamento! Mulher, angu não é polenta! Tu já viu ele rasgar dinheiro? (Pois e não foi? Gugu negou convite pra estrelar comercial de espelho que não racha.)

Fazia pipa remendada com notas de dez, esbanjava todo o carretel e partia a linha. Jogava moeda no trilho do trem, mas não era oferenda e nem pedia mais de volta, era só alívio e por compaixão começou um derrame de dinheiro, alheio. Gugu, o incompreendido, ainda aboliu toda xana e toda cama de sua vida, pregando que desejo de pele era a burrice-mór que mais marretava aflição. Na sua Vila Gengibre, gota do mundo onde cabe o mar da humanidade, todos no travesseiro desenham a glória. Sonham medalhas de melhor bolador de cigarrinhos, fama de melhor goleiro ou de maior roncador de moto. Ali Gugu desprezou todo ibope e assim endossou de vez seu atestado de doidice: não se estripando por dinheiro, sexo ou prestígio ele era o pira. Só restou internar.

Pra domingo, a mãe preparava a salada colorida de beterraba, cenoura e tomate. Houve tempo que Gugu despejou galões de tinta num terreno baldio. Vermelho, lilás, rosa... Aí negou janta de casa, só ia comer mato colorido. Verdura só sabor arco-íris pra sugar até descolorir o talo. Começou a furar cerca e lambrecar tinta na horta do povo. Carpia plantas de estima, rapelava o chão e ali espetava giz de cera que regava pra folhar. Tomou pisa de enxada e pazada no peito.

Mas Gugu tinia mesmo quando o fusca da pamonha e do curau chamava no megafone. Por isso, o seu irmão caçula Smithson Raimundo decorou receita e trabalhou nas pamonhas pro domingão de visita. Nem sabia que faltava papel higiênico na terapia benta, bundas limpas com cuspe e caco de tijolo, mulheres lidando a regra mensal com miolo de pão. E que lá sobrariam outras penugens e orifícios às palhas de milho da sua pamonha.

No pinel santo, Gugu boca-dura chiou por dormir de valete sobre estrados. Foi mazela o pernoite de dois homão com nariz na frieira um do outro, enquanto os vigias se afofavam com três colchões pra cada um. Na Casa da Cura, sensível ao dom de cada bode do rebanho, o pensador da Vila Gengibre foi exilado pro banheirinho, mas tal privilégio só vinha nas horas de janta. Uma semana de ceia na privada sem descarga, sem barulho que tiriricasse sua reflexão ali onde boiava um peixe marrom no vaso e depois um cardume e depois um lameiro. Bandeja pro de comer era o tampo solto da privada.

Na casa de repouso rezado, um viciado em balinhas de hortelã se treme na fissura de cachimbar. Família não guentava mais os murros na porta em alta noite implorando moeda. O pai moía o choro, seus comprimidos contados pro câncer sumiram. Moleque tomou, trocou ou vendeu? Já internado, dividiu cama com o xodó da clínica, o que nas tretas era intocado, o xamã, imaculado dos muitos escorpiões da casa que se espreguiçavam na sua barriga mas que nunca lhe espetavam. Esse era o antena das peçonhas e por isso era preservado das taponas, o espantalho da geral. Depois traduzia aos seus apóstolos, na seita clandestina do banho de sol, o que os escorpiões cantavam sobre cada tatuagem de seu peito.

Mas o dependente de hortelã toma peba e mordida sem lambuja. De tarde se trata com o funcionário que lhe arranja balinhas verdes em troca de cócegas no joelho. Num isqueiro serrado trama seu cachimbo. Gagueja o primeiro pega e vem a pedrada no cerebelo. Depois volta do seu passeio atômico e as cócegas viram lambidas e beliscões. Dá mais uma, só mais uma?

No desterro há outro herege, um invertido! Na praça aberta ameaçava a dignidade numa luxúria antinatural dos bigodes se tocando. Seu comparsa fugiu, mas pra ele virá o vero arrependimento que definha toda libertinagem, depois dos sermões, auxiliados pelo pé d'ouvido que expulsa o mal. Purificado na labuta de botar peça em maçaneta pras empresas amigas da fé. Ensinemos a comunhão e venham a nós as doações das famílias de bem.

Quem usa colete de vigia alterna leituras e desfia erudição, passa fácil do Gênesis ao Levíticos, do Apocalipse ao manual do carcereiro. Um cassetete fica pendurado no teto, gente rela a cabeça nele quando passa pro banheiro. No porrete está gravurada a palavra "Esperança", mãe de toda recuperação. No pátio, às quintas tem pregação e mingau azul. Um aleijado arrasta peito nas poças para receber sua merenda, mas antes tem que pronunciar a gratidão a Jêzuis. Cinco anos atrás, sua filha garantiu que a temporada ali seria só uma invernia. Não mentiu.

Gugu inflado de salitre injuriou o almoço, lavagem rejeitada pelos porcos, ração negada por cachorro... Como em nosso tempo a coragem é premiada e a covardia envergonha, Gugu ganhou férias, semana inteira de gozo numa antiga baia pra cavalo, estadia pra meditar sobre a audácia. Só ele, as baratas e uma lacraia. Retirado das férias arrastado, seu linguão de nobre lambida lixava o chão e com ternura lhe espetaram vacinas de mula. De volta ao viveiro, nada mais retocou da comida e engolia bolinhos de carne de pomba recheados com Valium e Diazepan.

Chega o domingo e a família pisa a masmorra. Pórticos e pilares importados de Jerusalém. Uma raiva muda paralisa o vento. Deitado debaixo do banco, um pinga colírio de café no olho roxo: chutou a bandeja dos comprimidos e tomou um couro de outros internos, observado pelos vigias que estavam em hora de almoço. Seu bambu quebrou no meio e o catatau entrou no cerol. Com sua bochecha no muro, outro condenado arranca pelinha do seu dedão torcido pra trás, vestígios da trapaça no jogo de gravetos. Aventais têm as cores da estação: amarelo mijo e marrom bosta. Um companheiro, com moscas na orelha de pus, larga os calcanhares de Gugu e arranha o queixo de qualquer visita que se achegue. (Não preocupa, esse arranhão não existe, eu não existo, sou só o pesadelo de um deus anão que sempre deixa o arroz queimar). Recolhido volta ao porão, vai costurar bola. No caminho um choque é cortesia e toma na costela a pedagogia.

A mansarda tem sua refeição e depois os cigarros podem até circular, caso a caso. Mas a comida devota veio de longe pra Gugu e pro povo se esbaldar. Família dividiu uma semana só de bolachinhas de água e sal, guardou todo apetite pra celebração e tinindo destampava suas panelas. Rapavam a concha pro amado Gusvilson Cléber, o Gugu (ele tá tão corado, né, filha?) que teve um lampejo de denúncia: ia alastrar pra irmã as condições da matilha naquela carrocinha, mas quem acreditaria num xaropeta como ele? Com a dopação cavalar não conseguiu soltar palavrinha nenhuma, gogó faiou, Gugu gagá. Só um restolho de baba e de grunhido... seus dentes se batendo caiu um novinho de plástico. E ele abriu um sorriso pro banquete, mais na íris que na tremedeira da boca. Queria chupar e cuspir delícias.

Fumegando veio o prato cheio. Com a irmã acarinhando uma crosta em sua nuca, Gugu manda servir toda a camaradagem do quarto dos lençóis numerados. Os remédios da semana, as bombas de paciência, vão tão lerdas pelas artérias de Gugu que suas mãos de tanto tremer não equilibram o prato. Bocado por bocado, tudo transborda da vasilha e mela o colo da irmã, se desjuntando no chão todos os manjares da Vila Gengibre. Congestionamento cremoso e derrame no piso rachado de Deus, inda agorinha varrido e passado a rodo pelos carecas internos em troca de nicotina.

Toda comida pula da cumbuca, quica como bola de basquete. A irmã de Gugu lhe agarra, beija seu pescoço e tenta parar a convulsão dos seus pulsos. Ela surta e três guardas vêm com dopaminas e salmos. Chovem duas gotas gordas de seus olhos e tamborinam no prato de metal. Ávido e arregalado, esquecidas as dores no lombo das pancadas da semana, Gugu estira o linguão pra lamber no prato as lágrimas da irmã. São sua única refeição no domingo de visita.

TRÊS COCORINHAS

Noite de sábado pra tantos é de balada, de filminho, de samba. Pra Pérola é de lenhar na expectativa. Sacola nova que mês passado a de lona arrebentou. Trinta cruzeiros de cigarro, o cascalho faz falta mas deixar seu maroto matador sem guarida não rima com seu instinto. Salada de agrião, pescada e um bolo de fubá... que é preferência dele desde pequeno. Já virou a meia-noite, o lance é dormir umas quatro horas antes de levantar e embarrigar a pia, servir nas cumbucas de plástico e embrulhar sem miséria. Ainda vai decidir se tem apetite pra levar aquilo: "Como que o safado teve coragem de me pedir isso?". Deitar que amanhã é dia de sorrisos salgados na Casa de Detenção Provisória 1, em Osasco.

"Pronto. Embalado. Uma renca de jornal e o rango ainda chega quente. Cadê as havaianas, a saia? Os gibis que a Lavanda conseguiu?". No escuro muita sacola e pouca mão, o canto do grilo e um encosto bagunçando a cabeça. "Será que eu levo?"

Desceu com o jumbo por uma escada estreita e viu o picho do seu paparicado na parede, ali faz tempo. Atravessou a ponte balangada e lembrou quando a bola ia pro córguinho e tentavam pará-la na correnteza cinza com um bambu ou um cabo de vassoura. Quando caiu de boca a Nivalda tirou que ela ia ficar morfética.

Passa pelo ponto uma galera, zuando, vindo do salão. Duas ficam mais pra trás e a menor vomita generosa no bueiro aberto. Um litro de azedo. Antes de entrar na lotação, Pérola ouve o cocorico do galo do Josias. É a primeira das três conduções. Três reais cada, só pra ir.

O dia clareando. "Ele colocou o futuro na mão de Deus. Ou do Diabo? Só leseira, veneno... então encaminha ele logo, minha cabocla! O homem credita em qualquer esporro teu! E essa molecada contando vantagem, ladrão na família... sei, se fossem eles mesmo na carquera..." O

Tininho manda um abraço, esse segue na contramão: é ripa e escola, jogando teimoso na roleta incerta. O motorista aponta um acidente fresquinho pro cobrador: um turbinado arregaçado no poste da noite.

Terceiro busão. As meninas no fundo, que se conhecem da espera, da chuva, da dor gêmea, desse estopim no peito que nunca estoura. Vê a criançada dormindo cascósa, babando no colo. O bumba parece desmontar um pouco mais a cada ponto da Estrada Vietcongue e camba pra Rodovia Raposo Tavares. "É, galega. Já tem duas horas de passeio, mas chegar depois das sete não adianta, né?" E vão proseando sobre enterros e esmaltes, a grana escassa e os advogados sumidos, sobre guentar o tranco e as leis e apelações. E aquela josta queimando na cintura, pedida por ele.

São avisadas que o Jd. Paulo VI encerrou operações e o Jd. Mandela não vai mais até o viaduto, agora desguia pra direita bem antes, não importa o peso nem horário. Desembarcam. A leva de mulheres se estende por quase um quilômetro. Barro, subida. Lama e terra rachada dando familiaridade, na memória Nordestes. Já se ganha a fila e os poucos homens, separados, ali no capim. Pérola chega abraçando malungas, ajuda a levantar uma desmaiada e vai comer um amendoim no mercado das kombis remendadas, brasílias e chevettes capengas apoiadas nos botijões. Cafés, lanchinhos. Aluga-se sutiã, chinelo, calça, vestido: cinco reais cada. "Troca aí, experimenta aí na perua memo!" Vendem muita sacola transparente, as coroas gerentes e suas netas funcionárias. Hoje no comércio, ontem também eram visita. Vende-se caro o essencial: cigarro, o monetário do Xis. Pra quem reclama vem o papo reto: "Então não pega e tchau". Depois lança cochichando: "Não tem escolha. Se preferir volta sem ver o filho, então". Aumenta a voz e se trai.

A Base Comunitária Móvel enquadra um rapaz. A PT, a metranca, o arsenal à disposição dentro da nave. Humilhação lava o menino, manda falar baixo e sim senhor, descarregar o jumbo todo, desempacotar cada tigela. O burburinho de tantos olhos e sussurros. "Tem passagem?". E também não tem B.O.

Pérola volta, lhe informam que sua senha já era. Chegar às seis não garantiu? Espanca a porta metálica e surge o olho empapuçado, indiferente, que abre e fecha uma fenda no zás-trás. Insistência. Vem a carceragem e não arreda, vai argumento e nada. Diante da súplica, lacrimejando em nome do divino e da madrugada, dá-se um jeito. E a senha, nervo do funcionamento burocrático, é dispensável.

Fila. No cartaz as Sanções Disciplinares, pra tantas que não sabem ler. Tem um item novo: "Depois da Jerusa, botaram que amásia de um só pode entrar como amásia de outro depois de sessenta dias da última visita pro primeiro relaxado". Mocinhas se vangloriam que deram parte no comando da facção quando apanharam. Outras, de fala menos empoada, procuraram delegacia. Sorriso triste em pele moça castigada. Várias embuchadas. A pivetada gargalhando, zunindo, se escorrendo entre os jumbos, se enturmando rápido na gana de brincar. "Olha a rameira ali. Filha de égua. É pra treta sim. Quer ser mais que as outras? Todas bebendo do amargo e a xexelenta querendo atropelar? E se chama pra trocar ideia ainda dá faniquito? Angu não é polenta".

Fila. As senhoras improvisam bancos com tijolos comidos e paus de escora da eterna construção. Obras do reparo, melhoria que nunca termina e que ninguém sabe quando começa. De pé a fila do banheiro, do orelhão, da informação. Camaradagem: "Ele já devia ter saído, viu? Assinou um 16. Tenta esse advogado aqui". Dá o cartão pra iniciante: "Tá, brigada por vocês terem se interessado. Servida?" Oferece a penúria fria.

Notícias fúnebres, crentes comentando as fofocas do jornal onde transbordam os ilustres medíocres, seus coquetéis e seus colares. Vem um estardalhaço de uma cela especial, isolada. Não se vê, apenas se ouve e imagina. Berraria acesa na alcova, clamando pra alguém acudir. Mães iniciam a prece. Tremedeira, a mão na testa, sal vazando da vista, regando as rugas. Oram pro menino um de todas. "Pede por Deus, meu filho!". Pérola roga à benção de sua cabocla, apertando a encomenda secreta que deve adentrar o presídio. Até que paralisa o desespero. Há quem jure que ouviu risinhos. Outra maldiz a suposta galhofa enquanto uma coxa tatuada vem fumando consolar uma avó. Piada pesa. Entrelaçam os dedos no mesmo pranto. As mulheres e o vírus, tossindo e escarrando desesperança. "Pode crer. Tem dia que o coração tá um esgoto... mas a gente tem que levar alegria pra eles, né?"

Entre detritos e o futum de urina misturado a perfume, um cachorro esburacado repica a orelha. Outro vira-lata rumina uma fralda descartada, embolotada, que ficou pelo caminho. O sabujo engole sua espuma enquanto uma tia pede ajuda a uma menina-mãe com as teclas do telefone pra identificar, pra apertar, pra atender.

O banheiro: este recinto é um castelo à parte. Entupido, fezes e papéis de pão pulando pra fora do vaso. Pérola vai se trocar aí. Três dedos de alagado no chão mas das torneiras nem mais um filete d'agua. A angústia de Pérola sentada no ar. Ela se acaricia e os dedos tocam fundo a encomenda em sua gruta. "Eu ainda mal sei mexer nessa pitomba... mas ele disse que assim a gente vai poder se falar durante a semana".

Lentamente avançam. Chega o momento de cruzar a primeira tranca, há empolgação mas não alegria. A arrogância dos coletes pretos, menos de um, a Val. Brava, firme, filma e não menospreza. Analisa os perrengues, ameniza o arrepio. É a vez de guardar o que não vai entrar, pra retirar à tarde. "É agora, inda dá. Ou arranco esse badulaque de mim ou seja o que Deus mandar". Os homens comentam a exposição de trabalhos manuais:

navios do Corinthians, molduras de foto, patos de pano de prato, botando fé pra regenerar. Um maluco solta: "Ah, vai garantir futuro de detento em cola e palito de fósforo?" Amadas se aprumam no batom pra visita íntima. Últimas prosas arrastadas antes da revista. Pérola ouve sobre o pai que levou bagulho pro seu menino e pêgo ficou guardado. Morde o lábio e seu segredo. Pérola na concha.

A revista no cômodo gelado: senhoras, moças, crianças. Nuas. Serão três cocorinhas.

Disfarce de pavor na primeira descida, na segunda um poço no peito. Na terceira abaixada, o pânico. A bunda roça o piso. Eletricidade bufando, chamando nas veias, no preso da respirada e na cabeça tonelada, mas nada sai de sua vagina: "Podem levantar". Alívio. Triunfo.

Subiu, vestiu.

Saindo da saleta, no primeiro clac da tranca de repente toca o aparelho. Dentro de Pérola o celular canta na concha.

O ESPÍRITO DA SOLIDARIEDADE

– Daruê, pra eu entregar esse trabalho de escola e mais os textos do teatro vou ter que concentrar forte aqui, vai madrugada inteira..
– Outro trabalho, pai?
– Outro, filho. É o da segunda matéria. Difícil mesmo. Ler e escrever bastante, deixar redondo. Muita obra.
– Tá bom, vai dar tudo certo... Mas... ééé... Não vai dar pra fazer a fogueira hoje, né?
– Vamo vê... Talvez não.
...

E o fiozinho queimando tua costela, amuando peito por não poder brincar, é vitamina pra tu aprumar e arrematar.
...

– Tó, pai. Um copo d' agua pra você.
...

Passam os ventos da noite. Tu concentra, abre veredas, desenha o plano e vai dar uma bitoca no guri quando o galo canta e o dia vem azulando. Já no chão o burburinho do povo subindo com marmita, avental e pochete pra lida. O menino no quentinho aflora do mar de sonho e solta uns grunhidos enquanto afaga teu queixo:
– Como é que tá lá, pai? ... zzz...
– Tá ficando bonito. Mas falta bastante.
...

Noite seguinte:
– Daruê, quer apertar o enviar aqui? Terminei.
– EBAAAAAAA... ACABAMOOOOOOS!
...

E bora rodar a quebrada catando madeira da Vila Campestre até a Fonte São Bento, farejando vigas e placas por becos, córregos e ladeiras. Trazendo galhos e pedaços de portão.. Passos pesados gargalheiros que a lua escuta. Nós, os navegantes da brasa, os truqueiros da chama. Estudantes do fogo.

CHÃO

Desceu pro pé da roda e se benzeu.

Vislumbrou a praça aberta arroxeando no crepúsculo. Os arrepios do Gunga, do Berra Boi e do Viola ganhavam o vento. Pediu proteção, pra si e pro seu camará. Quem ia com ele pra conversa era um cabra todo de branco.

Saíram de AÚ. Angoleiro, se mantinha próximo à mãe-Terra, devagar e ligeiro no seu movimento, a guarda constante da cabeça. Floreava e escapava do rabo de arraia, já lançando uma chapa como pergunta e se esquivando da ponteira que vinha como resposta. Os olhos do que não era parceiro, era inimigo, conferia agora, brasavam.

ÊÊÊ O FACÃO BATEU EMBAIXO, A BANANEIRA CAIU

O corpo, o pensar: um só eixo de concentração. Duas armadas já teriam entrado se a atenção não fosse inteira. Um cabeça branca lamentava, gargalhava, comandava a função. Um êxtase eletrificou o jogador. Histórias de quilombos, de amores... relampeavam nas gargantas. Num relance, o vulto de uma queixada passou soprando sua orelha: pelos assovios da roda lembrou que estava só. Era ele e sua mandinga.

QUANDO EU VENHO DE ARUANDA, NÃO VENHO SÓ,
QUANDO VENHO DE ARUANDÊ, NÃO VENHO SÓ.

A malta rimava o banzo na melodia. O jogo ia tomando grau. Ele sinalizou pra chamada. Aquele bruto não sorria, era duro e parecia antever seus movimentos. Veio num turbilhão o ensino do Mestre, sempre humilde mas exigente: "– É necessidade. Amizade e maldade. Na rua, num confie nem na mãe." Saíram colados. Evitou o arpão nas costelas ficando pequenininho. Tava treinado, alongado, tinha escorregado por baixo de duas catracas. Não sabia que o outro havia sido desprezado uma hora antes, no mesmo momento que ele negociava a passagem com o cobrador do busão. Que havia tomado uma boca-de-calça mesmo sendo professor e passado carão. Que nas artérias ocultas sob a pele suada e rosada, espocava a ânsia de equilibrar o dia, sobrasse pra qualquer tabaréu que chegasse.

O São Bento Grande anunciava um espírito, ainda intraduzível mas já pressentido.

PIMENTA MADURA É QUE DÁ SEMENTE, QUE DÁ SEMENTE E QUE MEXE COM A GENTE

Seguia na dança moleca, sorriso malaco e olhar de assombrado. Rasteiras, cabeçadas: o jogo transbordava tensão. Recordou rodas em que angoleiros haviam derrubado brucutus que exibiam elevados cordões.

BEM-TE-VI BOTOU GAMELEIRA NO CHÃO, BOTOU QUE EU VI, GAMELEIRA NO CHÃO

O branco da outra calça estava barrento na bunda. O restante, impecável. Veio à mente o dia anterior, o uniforme da enfermeira, suas luvas plásticas, a visita à mãe no P.S. O esforço da guerreira em expressar sua esperança e esconder a dor que a contorcia vez em quando naquela cama encarreirada no corredor. Lembrou quando ela pedia uma tesoura, uma colher, um metal pra pôr na batata da perna e matar a cãibra que repuxava as varizes. Lembrou quando ele esfregava álcool nas suas pernas e ela gemia Deus do lado do balaio vazio de chocolates, que não foram vendidos mas apreendidos pelos agentes do trem. A memória nem lhe havia dado força, a pena por vacilar um instante foi a calcanheira nas têmporas.

Antes do crânio machucar o chão, ainda ouviu a arrelia dos capoeiras, na roda do mundo.

A UNHA ENCRAVADA E O ESMALTE
(junho, 2013)

Com uma mão, mesmo com punho cerrado passo bilhete na catraca e só pago três merréis. Foram sete passeatas pra isso, mas nas últimas veio gente com remela, nem escovou os dentes, acordou agorinha com o controle remoto entornado no peito.

Com a outra mão aperto garganta de vampiro: devolve meu sangue, seu cariado! Ele pode ter meu vermelho há séculos no bigode ou pode ser uma sereia desdentada, o que importa é alguém pra esgoelar.

Com a terceira mão levo pra orelha um saco de feijão. Me entucho de fubá pelo umbigo. Vou à forra. Mas por onde mastigar? Sei levar pra boca é meu celular ultra, neon conectado ao futuro cinza. Comer as fotos. Garfo uma bombeta gringa e me empanturro. Bebo a gasolina do meu carango novo de 90 prestações.

Um pé meu é a mira, o boy caindo de queixo na rasteira. Vai rasgar bandeira de Palmares o caramba!

O outro pé espera doação de meião e chuteira.

E o terceiro chutou aquele pichador que escreveu 'ladrões' no caixa. Passou um pano com detergente na porta do banco onde baderneiro escarrou. Dever é deixar tudo em órdi depois da nossa festa cívica. E é verdade que os magnata ajuda, bancam a festa da democracia, o voto ano sim, ano não.

Um tornozelo vai pra casa descansar, varizes saltitantes da alegria que marcha. Mas ainda não tem a chave pra soltar a algema apertada.

O outro tornozelo, rachado e inchado, trepida aqui na cama da calçada. Essa corja vai embora e eu vou catar é mais papelão pra forrar meu cocho. Tomara que a polícia hoje só jogue bomba, não use mangueira.

O terceiro tornozelo ganha um creminho, massagem, que a gente resolveu celebrar aqui nesse motel fofo do centro. Prazer é parte da luta, uai.

Nossos filhinhos inda vão ter escola boa, sem forca pra nóis. Com cabelo branco, ainda vamos contar na janta pros neto quase tudo dessa noite histórica. Agora é aproveitar que meu gigante acordou! Uma unha, encravada, agoniza quando roça no bico da bota da firma. Que eu vim de avental cheio de graxa mesmo.

Outra unha sonha o esmalte importado do shopcent. Já tenho a sandália guardadinha esperando pra estrear na quermesse.

A terceira unha deve tá contaminada, infeccionando. Que rasgamo teta de puta decotada porque nóis é macho e tem que manter o respeito nessa zona. Onde é que vai parar isso aqui? Devia estuprar essa vaca, mas demo uma lambuja.

Um peito, que muchava e agora acende, brinda o abraço inflado do meu moleque quando chego em casa com a margarina e uma paçoquinha de luxo. Será que ele já entende se eu contar porque cheguei tão tarde?

O outro peito ainda não consegue tirar as camisetas agarradas do patrocinador que ganhei pra passeata, no desfile que vai virar anúncio de xampu.

E o terceiro, ainda arranhado pelos manifestantes que me chamaram de vagabunda, serve leite inflamado pelo bico rasgado. Bonito ela mamar dormindo.

Uma boca canta rap, lembra que tudo já estava escrito e uma hora a gente ia ficar quite memo. Mas em seguida abraça um hino pálido, dos jogos de vôlei dos domingos de manhã. Não pronuncia direito as palavras gringas mas vai que vai, tamo junto ou não tamo? Menos impostos! Menos medo! Também quero passagem pra Cancun! Cadeia pra esses suspeitos de fralda aí do berço! Manicômio pra viadagem!

Na minha outra boca, pra gravar entrevista limpo os farelos do hambúrguer que catamo no fuzuê. Não deu pra invadir o MacMinhoca então tomamo um véio de barraquinha memo. (Vou aparecer no jornal? Preciso avisar todo mundo. Qual canal? Eles tiraram o logotipo do microfone...)

Ainda o terceiro lábio breca o papo com as baratas madrugueiras da calçada: Tem culpa eu, amor? Não tem ônibus de noite... Mas vou chegar hoje sim, claro, amanhã levanto antes do sol. Nem que atravesse a cidade a pé. Deixa aberto o trinco, Paixão.

Uma vista vê a rachadura roxa no barraco, crescendo igual pé de manjericão e dali sai minha mãe falecida, me traz cuscuz. Acordo e vejo a avenida paradinha com esses vagabundo que não tem o que fazer. Vich, hoje chego é meia-noite em casa. Nem dá pra fazer a marmita.

A outra vista busca o relógio no sofá. Quando acaba essa zorra de passeata? Já devia ter começado o seriado do justiceiro.

A terceira vista eu maquio igual meus contratados da novela das sete. E rastreio no bafafá o que seja imã pro povão cegueta assinar meu plebiscito.

Uma das costas agora se senta, aprumada, sem vergar de vergonha. Orgulho de ser patriota! Agora é preencher a guia da licitação de 47 bilhões pra operar o transporte da capital com nossos carrinhos de rolimã.

A outra costa, tomada outra coturnada ali na espinha, faz vomitar o hambúrguer.

Uma terceira costa agoniza de dor e espera 9 meses pra nascer uma consulta no hospital.

Um joelho dói de novo, depois de anos. As ladeiras da volta tem ciúme das calçadas lisas do centro.

O outro joelho prepara o golpe na costela dos viado, antes deles apresentarem o atestado de doidice. Achando que vão enganar quem? Vai tomar vacina pra curar do transtorno, vai! Agora dá de graça no sus.

O terceiro joelho se dobra, acende a vela, serve a xicrinha de café no beiral da janela e reza pro filho não estar em confusão, voltar com deus.

Um nariz goza a fumaça. Queimamo as bandeiras tudo, dos times de várzea, dos quilombos, das fanfarras e do que vier. Nunca mais manipulação. Só a verde-amarela desenrolada pra me cobrir de orgulho (e nela talvez assoar o nariz ardido).

O outro aspira o realce, o brilho du bão. Encontramos um fornecedor em Pinheiros e aqui nesse barzinho é bacana comemorar, é tranquilo, não tem marginal. E eu não encontrava o Otavinho desde que voltamos da Disney.

A terceira narina pinga sangue, mas não trampo em redação de jornal e entrei na lista dos bárbaros. Nenhum tenente me ofereceu colete. Mas pelo menos hoje não engasgo com o aroma do córguinho, que aqui dá pra cortar o fedô no ar com tesoura.

QUANDO A UTI VEIO ME PEGAR NA ESCOLA

Pensei que tava cagado. Um passo pra dentro do portão e manjei que eu era o alienígena, o bafafá da tarde. Juntei os teco das notícia, umas me aloprando, outras me dando os pêsames. Eu tava jurado pra hora da saída.

Rachel não me aturava. O porquê não sei. Se foi a vez que derrubei seus giz de cera, se na outra que meu golaço rasgou rede e premiou sua bunda. Não sei, mas da formiguinha gerou um elefante. E toda gente sabia que o Gordo, linha de frente da UTI, tava pêgo na dela. Assim ela bolou seu troco e fiquei refém da macheza que o demente queria provar pra donzela.

Era cada pau que a UTI, a IPV ou a finada IML descia nos aluno do Cacilda Becker... as gangue só vinha de monte. Um moleque ficou com óculos atolado na cara e a cintura desatarraxada. Outro levou tanta patada no coco que azuretou e a família internou. Eu ia fazer igual o Raimundinho: encolher no chão e proteger a cara. A mochila amenizando os chute nas costa, os caderno de escudo. Ele só teve hemorragia interna... passou dez dias voltou recuperando matéria. Capaz de nem perder férias. Uma professora até ia socorrer, dar reforço, mas ameaçaram estuprar. Raimundinho ia compensar nos meses ou nos ano pra frente.

Eu mastigava o seco do medo. Me encaravam, mangavam, desviavam o olhar. Misericórdia. Chacota. Apostaram tubaínas: quem ia me dar o arregaço final? O Furunco ou o Polenta? Quanto eu ia durar?

Toda gurizada entrou pras sala de aula, eu estaquei, enfiei a cara debaixo duma torneira. Bambinho, o estômago um abismo. Sozinho no pátio via os rastro da algazarra, dessa vez não zuei com nada, não escrevi nas parede, não azucrinei as menina, não dei ombrada nos menorzinho nem fiz guerrinha com os biscoito da merenda. Quando consegui pisar num rumo, fui pra diretoria.

Meu terror na face explicou tudo e não precisou chaveco. Mudinho apontei a saleta e me autorizaram telefonar.

Única ideia inteira foi chamar meu pai. Meu coroa tava de fiscal no ponto de táxi da rodoviária. Tava solto e era época que cadeeiro montava carro facinho: um relógio custava cem merréis e não tinha tanta canseira de balcão, licenciamento, protocolo. Às vezes, eu passava no ponto pra dar um beijo nele e ouvir os malaco, ver o jogo de dominó. Aprendi a manha da matemática tomando esporro de nego véio e pedrada no dedo que ficou torto, ó.

Na diretoria, com esse torto tremendo, eu não acertava as tecla do fone. Caiu em igreja, em mercado, em creche, em barraco que ouvia o "Que saudade de você" do Eli Corrêa no rádio... Até que acertei e meu pai atendeu. Pela linha senti um hálito de cana. Entendi, filho. Mas tu já não é mais criança, aprende a se virar. Teu vô, se eu apanhasse na rua, me esfolava o coro em casa. Vou ver o que eu posso fazer... mas se garante aí! ... Na capa do livro de Ciências tinha o número do meu Tio Betão: mas só chamava e nada. Devia tá no sol. Era gráfico desde antes de eu nascer, agora tinha ganho dum cliente uma impressora novinha que só faltava falar e fazer geleia, mas pra imprimir qualquer cartazinho meu tio ia medir a temperatura da chapa lá na calçada, no calor do sol que carimbava a placa até a quentura na pele do braço dar o aviso de qualidade. Bão, controlei minha bagunça e ainda liguei pra tia Duta, mas fui lembrando que ela ia perguntar se eu tava com documento, se tinha almoçado, se tinha tratado os passarinho, rezado antes de dormir, se tava com meia furada, cueca limpinha... ainda ouvi ela atender, Alô? Alô? e xingar, mas desliguei a tempo pra não reconhecer meu suspiro.

Uma coordenadora pedagógica me deu um terço. Ligou pra tua mãe? Conseguiu falar com ela? Arrã, consegui. Muito obrigado.

Tava ali o Ladislau, inspetor ranheta carinhando a nuca duma professora que já ia zarpando. Qualquer coisa,

Ladí, diz que eu fui numa consulta. Não, não. Diz que fui levar minha filha na rodoviária, tá? Tá certo, Lucila. Mas cuidado aí no portão que hoje os neguinho vão se castrar de novo. Sobra menos bandidinho, mas cuidado tu que é gente de índole. E vai com Deus.

Desde quando minha mãe foi aluna aqui que tem um rádio na diretoria. Calado, maior que um fogão. Quando minha véia era funcionária, envernizava ele todo dia, cantava por ele. Me imaginei espalhando por todas FM da quebrada aquela onda da professora no conchavo com o Ladislau, mas minha sintonia me traiu e comecei a ouvir um programa do dia seguinte, locutando sobre minhas vísceras espalhadas, narrando meu vermelho que ainda manchava a calçada, o serviço de assistência pública da emissora doando meus sapato, minhas calça, meu material escolar pros pedinte. E eu já tava estrelando o "Que saudade de você", do Eli Corrêa.

Entrei e em plena troca de professores a classe parou de piar. Entre as aulas de Biologia (soube que flecharam o professor com perguntas sobre quanto o corpo humano aguenta de choque, de tombo e de bica na cara) e de Matemática (divisão pro vestibular: qual a média de espancamentos por trimestre se em abril foi 5, em maio 3 e em junho 7?). Quem quis falar comigo nem bilhete mandou, se segurando pra não assinar o próprio corpo-delito.

Deu intervalo – nunca mais ia falar recreio, coisa de criancinha, agora compreendi. Bebia eu a angústia na caneca. Meus parsinha de sempre se esquivaram. Rapavam o prato de plástico e jogavam as colher de molho nas menina. Me vi abrindo gavetas no refeitório e sacando todas colher azul pra enfiar em cada orelha de cada mafiosinho da UTI, da IML e da IPV. Só que como não ia dar, era muita orelha pra pouca colher, então eu ia decretar a recolha de um lápis por estojo e estourar o tímpano dos valentinho lá fora.

Mas de novo amuado no pátio, me concentrava pra desligar o filme que rodava na cabeça: a mão fechada do

Gordo trincando meu queixo, o Tinho e o Ailóvisson analisando cada cabeçada bem dada no meu nariz. Só faltou pipoca pra minha sessão particular, rodar catraca pra minha miragem... Mas que melancólico aquele pátio. Joia era a quermesse. Festa junina pingando rap, cachorro quente e até fliperama. Lembrei quando tentei forçar na Rachel um beijo na boca.

O Ladislau nem apertou meu braço pra eu voltar pra classe. Não ia gastar muque nem gogó com defunto pré-cozido. Ou teve piedade de quem já tava muchinho no pavor?

Na minha cadeira uma escultura de gaivotinha de papel com adesivo do Coringão. "Nunca vamo esquesser voçe". Debrucei na carteira e fiquei rabiscando um testamento: minhas bombeta ia pro Duda da borracharia e pro Marola lá do açougue, que sempre deixava um pedaço bom de sebo pra eu passar na chuteira de sábado e lacear o instrumento. Gente fina. Aí inverti e comecei a rascunhar o que cada uma das menina da sala ia apresentar pra minha mãe no velório: vasinho de Espada de São Jorge, redação puxa-saco em folha de almaço, desenho de mim subindo pr'uma colagem de céu de algodão com milho de pipoca.

Dormi... Sonhei com meu tio Betão tostadinho no terceiro grau. A pele esfarelada e uma gemeção penosa numa rede de cabana. Chegou o Gordo, molhou a testa do tio, balançava a rede e sussurrava leveza, tirando lêndeas, bernes e carrapatos de uma caixa de sapato. Os verminho com as cara do Ailóvisson, do Tinho, do Polenta e do Lepra, que era o ganga da gangue. Começaram a comer a pele avariada, as casquinha do meu tio que se envergava de dor. Picaram, mastigaram, arrotaram. Tiraram todas férpinha tostada, limparam queimadura do calcanhar à orelha, milimétricos. Meu tio estreou na pele nova, virgem. Aí catimbou, se atracou na rede e negou levantar mas meteram ele numa ambulância. Sirene. Sinal. Hora de embora eu. Aula só no outro dia ou nunca mais. Meu braço travou e eu não conseguia alçar a mochila. Dava impulso mas a bunda não saía da cadeira. Até as japonesinha da sala, que nunca se envolvia com rixa nenhuma, viraram tudo o pescoço pro meu canto lá no fundo onde me arriei depois do recrê... depois do intervalo. A Emiko, a Tadashi, a Vera Lúcia. As mina crânio, cabeça aberta pra estudar. Eu ia ficar com a cabeça aberta também.

Me injuriava parecer que não queria levantar. Cada um que passava pela porta saía me olhando de canto. Lembro do Teco e do Edward, suas galhofinha. Justo eles que vinha de chinelo pra aula de educação física e eu emprestava meus tênis.

Na saída veio a Déinha e aumentou meu cagômetro, comédia aquela voz esganiçada despejando munganga. Vich, cê vai virar uma paçoca nojenta. E vê se não vem puxar meu pé de noite, não, ô alma penada! A Déiona aplicou-lhe uma tapona nas costa e tentou meter uma conversão. Creia! Jesus te ama! Me deu o cartãozinho do culto e dessa vez nem esporei, não mandei enfiar no toba nem disse que ela queria era ganhar ponto com o pastorzinho tarado, se encafifar com ele na salinha administrativa e tirar o demônio do corpo.

Pronto, atravessei o pântano e na calçada já vi a leva da UTI. Tinha uns 40. Mais a plateia. Roda atrás de roda. Na frente o Gordo e seu presidente, o Lepra, cochichavam com a Rachel. Ela achegou pertinho do Lepra mas ele marcou metro. Sem intimidade. O Gordo tinha paixão e tinha ódio, bandoleiro que jogou um moleque no muro antes de virar o passo pra mim. Aquecimento. A Rachel foi pro outro lado da avenida ver a carnificina. Pisando em nuvens, quase foi atropelada por um busão, deslumbrada pelo show que produziu... Várias menina arrumadinha colou com ela nessa hora. Tava reinando.

Lembrei do meu pai. Se apanhar na rua, apanha em casa também! Nessa pelo menos eu não ia tomar cintada em casa. Minha maçaroca iria pelo correio e ele ia cafungar o remorso de cada fivelada que já tinha sapecado ni mim.

Mas alguém desenhou meu coroa no vento e o véio pousou. Meteu um joelhaço fulminante na costela do Gordo, encaixou uma chave e arrastou o infeliz pelo buraco dos olhos. Mas antes deu um beijo na testa do Lepra enquanto apertava um fura na barriga do rei. Deixou o manda-chuva da UTI suspenso por dois taxistas bem carinhosos, o suficiente pros seus cupincha debandar. Dissolveu rapidinho até o bololô da IPV também, que no estacionamento do mercado tomavam bombeirinho num gargalo. Uns lembraram que eram matriculados em outra escola, outros se picaram no primeiro busão que passou e mais uma renca fingiu sair atrás de um pipa mandado, que caía pra além da terra da vergonha.

Meu pai obrigou o Gordo a me dar a mão e intimou prum debate dentro de um orelhão. Chamou grudando, sem abrir vaga pra negativa do machinho. E aí? Do que vocês iam brincar aqui hoje? Deu dó, até eu perder a atenção vidrado nas figurinha nova que uns menino tirava dum pacote. Deu vontade de aproveitar a presença do todo-poderoso paião ali e tomar as premiada dos menino, mas ia ser muita empombação. Abusar da estrela.

Inda percebi que o Lepra foi grampeado é pelos dois caras que toda semana levavam caixa de comida lá em casa, quando meu pai tava preso. Vi a gentileza de botarem o Lepra pra dentro de um Passat pela porta traseira. Tinham traquejo, elegância.

Ouvi também, juro, um grunhido da Rachel xingando minha vó. Tava encostada numa fila de doze táxis lá na outra calçada. Tudo os coroa apetitoso que meu pai trouxe pra sugestão. Quatro não devia nada pra Dona Justa, amostrando sem nenhum constrangimento as peça na cinta. O resto tudo com as máquina muquiada debaixo de estopa no porta-malas.

Pelo ranger repetitivo dos dente e pelas puxada no pescoço, vi que errei na conclusão pelo telefone. Preconceito. Meu pai não tinha virado nenhum copinho não, tinha era usado o nariz.

Bão, na outra tarde de novo tava ali a ipv, pelo menos metade tava... só por causa de mim! Mas a frota Gaivota Zona Sul também deixou o ponto na rodoviária vaziinho e voltou. Caraca! E era a Rachel ali sentada no colo dum taxista? Meu pai de prosa com o Gordo, na calmaria, ensinando a passar arnica e cânfora onde esbagaçou a costela. Intenção não era diminuir o rapaz na frente dos amigo. Ética. O Gordo também firmou lealdade, porque bancou a promessa de voltar na tarde seguinte.

Passou mais quase um mês e meu pai me buscando. Já vinha menos taxista, em casa as famiage quer feijão, tem que ripar. Lícito ou não, tem que ripar. E o alarde desse rolo encheu de farda o portão do Cacilda Becker. Perigou. Nem a mulecage da ipv voltou a colar inteira na saída...

Sempre cabreiro no início de nossa amizade, com o passar das lua o Gordo foi aliviando, pude ver a simpatia que morava no fundo daqueles olhos vermelhos. Em vários Natal a gente saía de banca, ia da Americanópolis até o Quiabeira, varava as quebrada. Assim eu sempre encontrava ele na Vila Clara ou no Parque Macaxeira chapando com alguma tropa e a gente sempre se abraçava naquele fervo regado a vinho São Tomé.

No ano seguinte, num churrasquinho família dividi um cantinho de vergonha com a Rachel. Nossos pais gerenciando as compra de espeto, de vinagrete, os isopor... celebrando alguém que voltava duma temporada de exílio. O coroa dela tava se fazendo de inocente? Cumprimenta seu amigo, Rachel. Ele estudou naquela escola que cê tava ano passado, sabia? Pega ali um guaraná pra ele. Ela evitando o vexame de ser mandante. E eu não queria passar o carão, ele saber das vezes que chamei sua pituquinha de Rachel Rachada, que atolei a mão no rego da menina, que catarrei na xícara dela, que mandei de boca cheia ela chamar quem quisesse pra me apavorar.

Nós dois mascando o ódio, partilhando segredos.

Foi semana passada que lembrei dessa pule toda. Na madruga esperando o negreiro pra voltar pra Diadema. Vi o Lepra chegando no ponto também: gola azul clara, calça azul marinho, era cobrador de linha agora. Me deu um salve chochinho. Tinha a mesma panca, só ganhou uma papada farta na goela e uma cicatriz craterando a cara. Tinha uma tatuagem com nome de menino no braço. E o mesmo jeito de sugar a nicotina e dispensar a bituca num peteleco.

Há quanto tempo não se viam? Sei que eu não trombava o Gordo já fazia uns dezembro. E dessa vez, a primeira que não me reconheceu, tava só a carcaça. Magrinho, passou de mão dada com uma mina afunhanhada, nos farrapo procuravam alguma joia na sarjeta pra acender. Eu vi que os cara se fitaram, mas não teve uma sílaba.

Chegou o negreiro, inda na catraca dei um esculacho nuns pivete forgado que desrespeitava uma moça, era muita saliência numas piadinhas de cama e de lambuzeira. Mas vacilei no corretivo a mais, voz alterada, facinho dos dois menino tá trepado nessa hora da noite. Ninguém me ia acender vela num umbigo novo se eu descesse derrubado do coletivo aqui na Vila Inhame. E nem bater pra mim lá no Paraíso o cartão de salva-vidas no clube dos playboy. Minha sunga podia até secar na mochila e feder na vala.

Paguei a passagem e de relance conferi: a mina sentada era a cara da Rachel.

A NASCENTE DA LÍNGUA

Nascido estrangeiro. Não sabia falar a língua da gente do lugar. Passou primaveras e aprendeu rudimentos, assim garantia alimento e passagem. Até bailar em toda conversa. Mergulhar e ser nascente. Mestre. Tradutor procurado nas vielas e salões.

Num crepúsculo, o moço atentou a um antigo que chegava, falava com todos e não era nada compreendido. Um ancião sempre comendo frutas mas com cheiro de sopa.

Aquele senhor era senhora e era senhor e era muito mais, era pomba bicando sujeirinhas e era vento colorido, seu espirro de arco-íris vazando pelo nariz miúdo. Era borbulha de água fervendo e era calma de garoa. Aquele senhor era senhora e era sobremesa e era feijão. E aquela senhora dizia língua que o moço ainda não traduzia. Moço que tentou silêncio pleno e tentou leitura labial, que tentou falar, falar, falar junto e papagaiar ao mesmo tempo que ela, num bate-boca amoroso de agulhas tomando o oco daquela conversa de balbúrdia. Que tentou também sumir pra sentir a saudade e com ela perceber algo que fosse óbvio, um elemento principal que de tão próximo talvez não conseguisse enxergar, detalhe de essência. E que tentou aprender aquela língua olhando os pés de quem falava, observando o respirado do peito, o pisco dos cílios, admirando a garganta e seu flauteio. Mas o moço ali não compreendia história nem recado, nem capítulo nem cochicho.

Depois de tanto, a iluminação: como não percebeu isso antes? A realeza daquela língua e também sua mendicância estavam no timbre e no tom. Ali a comunicação morava perfeita, o ruído e a textura eram a veia da expressão. A língua universal, a que trançava todas as prosas e alinhava horizontes, a que organizava mocós e gandaias e carroças e cozinhas com qualquer um, com pessoa de qualquer país, com ser de qualquer planeta, com movimento de qualquer estrela… aquela língua universal era a música.

Precisou ouvir a música na fala daquela senhora. Seu compasso. A harmonia entre a memória e o que ela fazia com as mãos e o que escorregava pela boca. A orquestra entre os pés que pisavam sua gloriosa rotina e as mentiras que martelavam carinhosas no céu da boca. As notas e os acordes deslizando entre os dentes e o mau hálito da fome. Seus agudos conversando com ex-vizinhos sumidos enquanto torcia e pregava as roupas no varal. Seus graves comemorando gol. O dó-ré-mi que derramava enquanto comia o dia. Falava sempre de boca cheia.

Com aquela senhora o último encontro do moço foi coroamento. Foi colheita de pétalas soltas... plantou caco e cresceu cuia. E foi de mão na mão que a íris véia falou: Minha língua é a língua da água, Criança.

Saliva é mãe da palavra, pariu a lágrima e é aprendiz do suor.

...

Depois daquela manhã, quando a senhora fingiu que morreu pra morrer sem tristeza e evaporar pensamento; depois daquela manhã que já era noite mas que tinha a clareza de um dia cedinho; depois daquela manhã que a orelha percebeu que era rainha que sabia se ajoelhar e pedir bença, o rapaz que nasceu estrangeiro compreendeu a Língua. Sem gancho de significado, com calor de sentido. E então talvez pudesse ensinar.

Ouviu a fala da chuva, seu silêncio, seu grito e sorriu com o repente e o versado jongueiro do temporal. Ouviu o gaguejado que corria pelos bueiros. A urgência e o prazer no deságue do xixi. O fluido, dentro do peito, com os goles descendo levando as boas novas pelas costelas, num pequeno som íntimo, cachoeirinha de dentro. E cheiro de choro? O que ficava de partitura nas bochechas, na lábia... Reparou no alfabeto dentro do copo com água, cada letra ali nadando, umas de boia, outras peladonas em piruetas e outras espelhos de espelhos. Leu o abecê nas poças sujas. Brilhou na palavra nascendo vagarosa nas gotas de orvalho, nas pontas das folhas. Leu cada sílaba gemida e respirada fundo: ali o banzo das praias de rio, ali os pés molhados até as canelas em paz de quilombos, ali o namoro possesso das beiras de mar madrugueiro.

O rapaz mergulhou. Bebeu de golada. Cuspiu gostoso.

Veio safanão no pé d'ouvido por vadiagem. CEP suspeito. Eles tinham cheirado muita farinha impura. O moço da água foi assassinado por armas de fogo.

No camburão, Camboja até à desova, sua língua secou e endureceu. Ficou lasca de cimento.

A poesia de suas gírias natimorta.

... Há quem diga que hoje xinga, mina maldições, num mofo de estuque.

AGRADECIMENTOS

Especialmente agradecido à Dona Ana, Luciane Ramos, Eduardo de Assis Duarte e Regina Dalcastagnè. O som de cada virar de página aqui tem meu obrigado a vocês.

Aos mais antigos dos quintais, porões e pontes de pau. Às mais velhas dos morros, becos e ruas de terra. Aos ancestrais das canetas. Obrigado. Sem seus caminhos e ciências não haveria sequer nossos pés.

Muito Axé a quem experimentou as xicrinhas dos contos antes da doce fumaça na bandeja: Michel Yakini, Walner Danzinger, Alejandro Reyes, Marcelo D' Salete, Simone Paulino, Rodrigo Ciríaco.

A quem fortaleceu e alinhou sete letrinhas sobre uma ou outra história, pra chamar no imã e abrir o apetite. Sou agradecido sorridente pelo proceder, por esse milagre chamado leitura.

SOBRE O AUTOR

ALLAN DA ROSA é escritor e angoleiro. Integra desde o princípio o movimento de Literatura Periférica de São Paulo e foi editor do clássico selo "Edições Toró". Historiador, mestre e doutorando na Faculdade de Educação da Universidade de São Paulo. Ali, na ocupação do Núcleo de Consciência Negra, fez cursinho e foi professor e alfabetizador.

Pesquisa e atua em ancestralidade, imaginário e cotidiano negro. Há anos organiza cursos autônomos de estética e política afro-brasileira em várias quebradas paulistanas. Já palestrou, recitou, oficinou e debateu em rodas, feiras, universidades, bibliotecas e centros comunitários de muitos estados do Brasil e por Cuba, Moçambique, EUA, Colômbia, Bolívia e Argentina, entre outras paragens. É autor de *Da Cabula* (Prêmio Nacional de Dramaturgia Negra, 2014), *Zagaia* (juvenil), dos livros-CD *A Calimba e a Flauta* (Poesia Erótica, com Priscila Preta) e Mukondo Lírico (Prêmio Funarte de Arte Negra, em 2014), além do ensaio *Pedagoginga, Autonomia e Mocambagem* e outras obras.

© Editora NÓS, 2016

Direção editorial SIMONE PAULINO
Projeto gráfico BLOCO GRÁFICO
Revisão DANIEL FEBBA
Produção gráfica ALEXANDRE FONSECA
Assistente editorial KATLIN BARBOSA

Dados Internacionais de Catalogação na Publicação (CIP)
(Câmara Brasileira do Livro, SP, Brasil)

---

da Rosa, Allan
    Reza de mãe: Allan da Rosa
    São Paulo: Editora Nós, 2016
    104 pp.

ISBN 978-85-69020-14-1

1. Literatura Brasileira I. Título.

CDD-869.93

Índices para catálogo sistemático:
1. Contos brasileiros 869.93

Todos os direitos desta edição reservados à Editora NÓS
Rua Funchal, 538 – cj. 21
Vila Olímpia, São Paulo SP | CEP 04551 060
[55 11] 2173 5533 | www.editoranos.com.br

Fonte SILVA
Papel PÓLEN SOFT 80 g/m²
Impressão INTERGRAF
Tiragem 1000